법정 행복 그리고 삶

법정 행복 그리고 삶

1판 1쇄 인쇄 2025년 02월 10일
1판 1쇄 발행 2025년 02월 20일

지은이 | 김옥림
펴낸이 | 임종관
펴낸곳 | 미래북
편   집 | 정윤아
본문 디자인 | 디자인 [연:우]
등록 | 제 302-2003-000026호
주소 | 경기도 고양시 덕양구 삼원로73 고양원흥 한일 윈스타 1405호
전화 031)964-1227(대) | 팩스 031)964-1228
이메일 miraebook@hotmail.com

ISBN 979-11-92073-69-9 (03800)

법정
행복 그리고 삶

일상을 위로하는
법정 스님의 향기로운 가르침

김옥림 지음

MIRAE
BOOK

행복한 삶을 산다는 것은 곧
자신의 '삶의 질'을 높이는 아름다운 행위이다.
그래서 각자의 삶의 질을 높일수록
우리 사회는 밝고 건강한 사회가 되고,
그 안에서 살아가는 사람들 또한
밝고 건강한 행복 속에서 살아가게 된다.

온전한 나로 살아간다는 것은

인생을 여러 번 살 수 있다면 이렇게도 저렇게도 자신이 원하는 대로 살 수 있을 텐데, 안타깝게도 인간은 누구나 단 한 번만의 인생을 살 수밖에 없다. 이는 '인간은 무한한 존재가 아니라 유한성을 지닌 존재라는 것'을 의미한다. 유한성을 지닌 인간은 누구나 한 번뿐인 인생을 살아가지만, 어떻게 사느냐에 따라 각자 인생의 빛깔은 그 빛을 달리한다.

똑같은 조건 아래에서 어떤 사람은 남들이 부러워하는 인생의 빛을 발하며 살고, 어떤 사람은 있는 듯 없는 듯 인생의 빛을 드리우며 살고, 또 다른 어떤 사람은 그 빛을 잃어버린 '무색無色'의 인생으로 살아간다.

이렇게 삶의 빛깔을 달리하는 것은 '의미 있는 삶을 사느냐 그렇지 않느냐'에 달려 있다. 여기서 의미 있는 삶이란 그것이 어떤 것이든 나답게 나의 꽃을 피우고, 남과 비교하지 않고 나다운 삶을 살면서 자신과 타인과 사회를 위해 땀과 공을 들이는 것을 말한다.

자신만을 위한 삶은 아무리 우뚝하고 휘황찬란한 빛을 발한다고 해도 그것은 자신만을 위한 삶에 지나지 않는다. 하지만 남이 보기에 낮고 보잘것없어 보이는 삶도 '타인을 위하고, 사회를 위한' 삶이라면 의미 있는 삶이라고 할 수 있다.

왜 그럴까. 타인과 사회를 위한 삶은 그것이 어떤 것이라 할지라도 '희생'과 '헌신'이 따르기 때문이며, 희생과 헌신이 높고 의연한 것은 '사랑'을 바탕으로 하는 까닭이다.

사랑은 나를 헌신함으로써 아름답게 피어나는 '행복의 꽃'이기 때문에 숭고하고 위대한 것이다. 그래서 사랑을 바탕으로 하는 희생과 헌신의 삶을 산다는 것은 높고 우뚝할 수밖에 없다. 그런 까닭에 타인과 사회를 위해 산다는 것은 자신을 행복하게 함은 물론 타인을 행복하게 하고, 사회를 밝게 만드는 창의적이고 생산적인 삶인 것이다.

이처럼 창의적이고 생산적인 삶, 즉 행복한 삶을 산다는 것은 곧 자신의 '삶의 질'을 높이는 아름다운 행위이다. 그래서 각자의 삶의 질을 높일수록 우리 사회는 밝고 건강한 사회가 되고, 그 안에서 살아가는 사람들 또한 밝고 건강한 행복 속에서 살아가게 된다.

여기에 의미 있는 삶을 살아야 하는 이유가 있는 것이다.

이에 대해 혹자는 "나 살기도 힘들고 어려운데 의미 있는 삶을 살라고? 그것은 물질적으로나 시간적으로 여유 있는 사람들이나 하는 일이지, 우리 같은 사람은 그냥 이대로 사는 게 최선이야."라고 말할지도 모른다. 물론 그렇게 생각할 수도 있다.

그러나 생각을 바꾸면 된다. 생각을 바꾸면 얼마든지 의미 있는 삶을 살아갈 수 있다. 똑같은 조건 아래에서도 생각에 따라 그 삶의 질은 엄청난 결과를 드러내기 때문이다. 이에 대해 법정 스님은 다음과 같이 말했다.

"똑같은 조건 아래 살면서도 삶의 의미를 찾아낸 사람과 찾아내지 못한 사람은 그 삶의 질이 다를 수밖에 없다."

그렇다. 사람은 어떤 생각을 하고 어떻게 행동하느냐에 따라 삶의 질이 달라진다.

온전한 나로 산다는 것은, 나만을 위한 것이 아닌 나와 타인과 사회를 위해 삶의 질을 높이며 살 때 이루어지는 것이다. 온전한 나로 살기 위해 해야 하는 것에 대해 영국의 비평가이자 사회사상가인 존 러스킨John Ruskin은 "희생 없이 인생을 좋게 하겠다는 모든 방법은 무익無益한 것이다. 그런 방법은 도리어 좋게 만들 가능성을 없애버리는 데 지나지 않는다."라고 했으며《채근담菜根譚》에는 "남을 이롭게 함은 자기를 이롭게 하는 것의 근본이다."라고 했다.

존 러스킨의 말과 《채근담菜根譚》에서 보듯, 헌신과 희생을 통해 타인과 사회를 이롭게 하는 것은 곧 자신을 위한 삶인 것이다.

이 책에는 온전한 나로 살기 위해서 해야 할 것들에 대해 동서양의 철학적 사유는 물론 실체적이고 구체적인 실천적 지혜를 망라해 다양한 생각을 펼쳤기에, 이 책을 대하는 분들에게 자신감을 길러주고 지혜를 북돋워 주리라 생각한다. 또한 마음을 갈고닦음으로써 지금과는 다른 자신으로 살아가는 데 있어 좋은 인생의 안내자가 되어 주리라 믿는다.

이러한 나의 생각은 나로 하여금 기도하는 마음으로 한 자 한 자 정성껏 이 책을 쓰게 했다. 그랬기에 이 책을 대하는 분들 모두가 자신의 주인이 되어 삶의 의미를 찾음으로써 자신만의 '온전한 삶의 본질'에 이르게 되길 간절히 기원한다.

김옥림

차례

1부
맘껏 사랑하고 부족함 없이 행복하라

2부
사람이 사는 집은 따뜻하다

3부
자신을 삶의 중심에 두기

4부

안락한 삶보다는 충만한 삶을 살아라

5부
스스로를 살펴 그대만의 길을 가라

6부
필요에 따라 살되 욕망에 따라 살지 마라

맘껏 사랑하고
부족함 없이 행복하라

즐거움은 밖에서 누가 가져다주는 것이 아니라 긍정적인 인생관을 지니고 스스로 만들어 가야 한다.
일상적인 사소한 일을 거치면서 고마움과 기쁨을 누릴 줄 알아야 한다.

고뇌 속에서 우리는
근원적인 '나'로 돌아가는 것이다.
인간의 밑천은 선의善意와 성실 이것뿐이다.

법정

- 너는 성장하고 있다 -

근원적인 '나'로 돌아가라

인생을 살다보면 뜻하지 않게 실패를 겪게 된다. 취업의 실패,
대학입시의 실패 등 온갖 실패가 그림자처럼 따라다닌다. 그런데
실패를 하고 나면 '자신이 못나서'라는 자괴감에 빠져 자신은 물론
가족 등 주변 사람들의 마음을 아프게 하는 이들을 종종 보게 된
다. 그들 중엔 실패의 중압감을 견디지 못하고 극단적인 선택을 하
는 이들도 있다. 이는 매우 잘못된 생각이 아닐 수 없다.

왜 그럴까. 실패는 성공과 늘 함께하기 때문이다. 그것이 무엇이
든 바라는 대로 잘 된다면, 인생의 참맛을 알지 못한다. 실패의 쓴
잔을 마셔봐야 참된 인생의 맛을 알게 되고, 행복에 대해 알게 됨
으로써 가족과 세상에 대해 감사하게 된다.

실패는 인간에게 고뇌의 늪과 같다. 하지만 그 고뇌를 생산적으로 받아들여야 한다. 그래서 고뇌를 이길 수 있는 힘을 길러야 한다. 법정 스님은 고뇌를 이기는 비결에 대해 '선의善意'와 '성실'에 있다고 말한다.

그렇다. 실패에서 오는 고뇌는 선의와 성실로써 극복할 수 있다. 그랬을 때 근원적인 '나'로 돌아가게 된다. 선의와 성실은 반드시 갖춰야 할 생산적이고 창의적인 품성인 것이다.

선의와 성실은 인간이 반드시 갖춰야 할 '품성'이다. 매사에 있어 선의와 성실을 다하라.

즐겁게 살기 위해서는 즐거움이 따르게 하라

"즐겨라. 어떠한 상황에서도 즐거움을 끌어내라. 심지어 나쁜 상황에서도, 아니 특히, 나쁜 상황에 처했을 때 즐거움을 끌어내라. 즐거움은 어디에나 있다. 스스로를 통해 즐거움이 발현되도록 해야 한다. 즐거움에 저항하거나 거부하지 말라. 큰 슬픔에 처해도 즐거움을 위한 여유는 있다. 살아있지 않다면 슬픔 또한 경험할 수 없지 않겠는가? 인생이 제공하는 모든 것과 함께 자신의 인생을 즐겨라. 행복뿐만 아니라, 슬픔도 즐겨라. 성공뿐만 아니라, 실패도 즐겨라. 새로운 관계뿐만 아니라, 이별도 즐겨라. 즐겁지 않은 삶의 교훈조차 즐겨라."

루마니아의 파워 블로거 드라고스 로우아Dragos Roua가 한 말로 인생을 즐겁게 사는 긍정적인 방법에 대해 잘 알게 한다.

삶을 살다보면 즐겁고 기쁜 일도 있지만, 생각지도 못한 시련을 겪기도 하고 슬픔과 고통에 시달리기도 한다. 이럴 땐 모든 것을 포기하고 싶은 마음이 들기도 한다. 하지만 그것은 자신의 인생을 파괴하고 모독하는 일이다.

그렇다. 모든 것을 포기하고 싶을 때 로우아가 말하는 대로 할 수만 있다면 그 어떤 상황에서도 삶을 즐기며 살 수 있다. 절대 긍정은 모든 것을 가능하게 하기 때문이다.

어떤 상황에서도 즐겁게 산다면, 즐거움으로써 모든 것을 가능하게 할 수 있다.

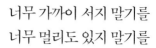

너무 가까이 서지 말기를
너무 멀리도 있지 말기를

법정

- 적정처寂靜處 -

좋은 인간관계를 이어가는 최선의 법칙

'불가근불가원不可近不可遠'이라는 말이 있다. 너무 가까이도 말고 너무 멀리도 하지 말라는 말이다. 이는 월왕구천과 오왕합려의 와신상담臥薪嘗膽 고사에 나오는 말이다. 이와 비슷한 뜻으로《논어論語》의 경이원지敬而遠之라는 말이 있는데 이는 '상대방을 공경하되 일정한 거리를 두라'는 뜻이다.

우리는 날마다 많은 사람을 만난다. 직장동료를 만나고, 친구를 만나고, 스승을 만나고, 이웃을 만나고, 처음 보는 사람들과도 만나게 된다. 사람은 사람들과의 관계 속에서 살아가는 존재이다. 그러다 보니 관계를 잘하면 서로에게 도움이 되지만, 소통이 불가하면 관계가 깨어지게 됨으로써 불협화음을 일으키게 된다.

특히 둘의 관계가 친밀하고 좋을 땐 간과 쓸개를 다 줄 것처럼 굴다가도, 이해관계가 얽히게 되면 하루아침에 원수로 변한다. 서로에 대해 너무도 잘 아는 까닭이다. 그래서 너무 가까이하지 말고 적당히 거리를 두라는 말이다. 이와 반대로 너무 멀리하게 되면 서로에 대해 잘 알지 못함으로써 서먹하고 소원해진다. 따라서 좋은 관계를 유지하기 위해서는 이 평범한 진리를 마음에 새겨 실행에 옮겨야 한다.

좋을 땐 한없이 좋은 게 가까운 사이다. 하지만 나쁠 땐 원수가 따로 없다. 좋은 관계를 유지하기 위해서는 너무 가까이도 말고, 너무 멀리도 하지 말아야 한다.

새 옷을 입기 위해서는 낡은 옷을 벗어라

"새 포도주를 낡은 가죽 부대에 넣지 아니 하나니 그렇게 하면
부대가 터져 포도주도 쏟아지고 부대도 버리게 됨이라. 새 포도주
는 새 부대에 넣어야 둘이 다 보전되느니라."

이는 신약성경(마태복음 9:17)에 나오는 말씀으로 새 포도주는 새
부대에 담아야 한다는 것을 잘 알 수 있다. 이와 마찬가지로 새 옷
을 입기 위해서는 낡은 옷을 벗어야 한다. 낡은 옷 위에 새 옷을 걸
치면 새 옷이 제대로 빛을 내지 못한다.

이는 일에 있어서도 마찬가지다. 새로운 일을 하려면 생각을 새
롭게 하고 그에 맞게 준비해야 한다. 새로운 일을 하면서 낡은 생

각에 매이게 된다면 제대로 새로운 일을 할 수 없기 때문이다.

이치가 이런데도 이를 잊고 낡은 생각과 낡은 관행에 매여 벗어나지 못하는 사람들을 종종 볼 수 있다. 이는 매우 어리석은 일이 아닐 수 없다. 자신이 무언가를 새롭게 하고 싶다면, 그에 대해 철저히 준비하되 새로운 생각으로 무장해야 한다. 그렇게 할 때 그 일은 좋은 결과를 내게 될 것이다.

새로운 일을 시작할 땐 새로운 생각으로 철저하게 무장해야 한다. 왜 그럴까. 그랬을 때 그 일은 좋은 결실을 맺게 될 확률이 그만큼 크기 때문이다.

사람이 흙을 일구며 농사를 짓고 살던 시절에는
자연의 소리를 들으면서 그 질서 안에서
넘치지 않고 순박하게 살 수 있었다.
작은 것에 만족하고 적은 것에도 고마워했다.
남이 가진 것을 시샘하거나 넘보지 않았다.
자기 분수에 자족하면서
논밭을 가꾸듯 자신의 삶을 묵묵히 가꾸어 나갔다.

법정

- 새벽에 내리는 비 -

자기 분수에 자족하면서 묵묵히 삶을 가꾸기

사람이 살아가면서 잘되는 경우와 잘못되는 경우가 종종 있다.
잘되고 잘못되는 이유는 여러 가지겠으나 '분수分數'를 지키느냐
지키지 않으냐에 큰 영향을 받는다. 분수란 '자기의 신분이나 처지
에 알맞은 한도'라는 뜻으로, 즉 자신의 형편에 맞게 처신해야 함
을 이르는 말이다.

분수를 잘 지켜 행하면 과욕을 부리지 않고 자신의 형편에 만족
하며 살고, 작은 것이나 적은 것에도 감사하며 살게 된다. 분수를
지키는 일은 곧 자신의 인생을 행복하게 하는 아름다운 가치적 행

위이다. 그러나 분수를 모르면 과욕을 부리게 되고, 무분별하게 생각하고 행동하게 된다. 그래서 종종 자신의 처지를 망각하고 그로 인해 어려운 상황에 처하게 됨으로써 자신의 인생을 불행에 이르게 한다.

　과유불급이란 말이 있듯 지나치면 아니 한 만 못하는 처지에 이르게 되는데, 이는 분수를 모르고 과욕을 부림으로써 빚어지는 일이다. 자신의 인생을 만족하게 살고 싶다면 자기 분수에 맞게 처신하면 된다. 그러면 지나친 일을 벌이지 않음으로써 작은 것이나 적은 것에도 만족해하며 행복한 인생을 살 수 있다.

만족한 인생을 살고 싶다면 '분수'를 지켜야 한다. 분수를 지키면 절대 잘못된 일에 빠지지 않는다.

진정으로
하고 싶은 일을 하라.

법정

- 진정으로 하고 싶은 일을 하라-

❋

그것이 무엇이든 내가 하고 싶은 일을 하기

우리나라 초중고생들이 선호하는 직업은 교사, 경찰, 의사, 간호
사, 군인, 공무원 등이 상위직업군으로 조사되었다. 안정적인 생활
을 원하는 선택의 결과이다. 이는 비단 초중고생만의 문제는 아니
다. 대학을 졸업하고 취업을 준비하는 젊은이들 또한 별반 다르지
않다. 공무원이 되기 위해 수십 대 일 혹은 그 이상의 경쟁에서 이
겨야 하고, 공무원이 되기 위해 3~4년은 물론 10년까지도 도전을
멈추지 않는다. 또한 대기업에 들어가기 위해 몇 년 혹은 그 이상
을 감수하는 것은 보통이다. 이 모두는 안정적인 직업을 선택하기
위한 것이다. 이런 상황에서 자신이 좋아하는 일을 한다는 것은 어

쩌면 바보 같은 짓인지도 모른다.

그러나 진정으로 하고 싶은 일은 힘들어도 재밌고, 돈을 많이 벌지 않아도 의미가 있다. 진정으로 하고 싶은 일은 '달콤한 꿀'과 같고, 인생의 '모든 것'과 같기 때문이다.

〈Success〉 잡지 창간인이자 성공 운동의 창시자인 오리슨 스웨트 마든Orison Swett Marden은 자신의 저서 《하고 싶은 일을 하라》에서 말하기를 "자신이 하고 싶은 일을 하라"고 말한다.

옳은 말이다. 진정으로 행복하고 싶다면 그것이 무엇이든 '내가 하고 싶은 일'을 하라. 간판을 따지고, 체면을 따지고, 돈을 따지는 일은 후회를 남기지만, 자신이 하고 싶은 일은 후회를 남기지 않기 때문이다.

자신이 하고 싶은 일은 힘들어도, 돈이 되지 않아도 즐거움을 준다. 하고 싶은 일은 그 자체가 '꿈'이다.

> 흐름이 멈추어
> 한 곳에 고이게 되면 부패한다.
> 이것은 우주 생명의 원리다.
>
> 법정
>
> - 새벽 달빛 아래에서 -

자신의 삶을 부패하지 않게 하기

물이 흐르지 않고 고여 있게 되면 썩게 되고, 썩게 되면 악취가 난다. 고여 있는 물이 부패되어 생명성을 잃었기 때문이다.

홍수를 조절하고, 가뭄을 방지하기 위해 조성된 4대강은 이를 잘 알게 한다. 자연적인 순리에 따라 물은 흘러야 하는데, 물길을 인위적으로 막아 놓음으로 해서 녹조가 끼고 물고기들이 떼죽음을 입곤 한다. 참으로 안타까운 일이 아닐 수 없다.

사람 또한 한 자리에 오래 있게 되면 나태해지고, 매너리즘에 빠지게 된다. 처음엔 참신했던 사람이 망가지게 되는 요인은 바로 '안주安住'에 길들여지기 때문이다. 안주한다는 것은, 고여 있는 물과 같아서 이를 매우 조심해야 한다. 그런데도 이를 경계하지 않는 것은 안주를 평안함, 안락함으로만 생각해서이다. 이는 마치 어린 아이가 사탕의 달콤함에 길들여져서 사탕이 이를 썩게 한다는 것을 모르는 것과 같다.

　가장 안락하고 평안하다고 느낄 땐 반드시 이를 경계해야 한다. 그리고 그 순간 자신을 점검해야 한다. 그래서 자신의 '흠'을 발견하게 되면 당장 고쳐야 한다. 그렇지 않고 그대로 둔다면 스스로 자신을 부패하게 하기 때문이다.

안주한다는 것은 스스로를 '부패'시키는 일이다. 늘 생각을 새롭게 하고, 현실에 안주하지 마라.

삶의 균형을 이루는 순리의 미美

눈에는 보이지 않지만 봄은 어김없이 우리 곁으로 찾아온다. 와서는 파란 잎과 고운 꽃을 피워 우리에게 즐거움을 주고, 무더운 여름엔 그늘을 만들어 편히 쉬게 하고, 가을엔 땡볕을 참고 견디며 길러낸 맛있는 열매를 내어놓는다. 그리고 붉고 고운 단풍으로 이 강산을 수놓으며 탄성을 자아내게 한다. 한 잎 두 잎 떨어져 쌓인 낙엽은 거름이 되어 튼실한 나무가 되게 한다. 그리고 봄이 오면 또다시 잎을 피우고 꽃을 피운다.

이 모든 것은 자연과 우주의 조화로운 질서에 따름이다. 즉, 한 치의 오차도 없이 매년 반복되는 것은 '순리'의 아름다운 미덕에 의한 깃이다.

우리의 모든 삶 또한 자연과 우주의 조화로운 질서를 따라야 삶의 균형을 이루고 아름답게 꽃피고 빛나는 법이다. 만일 자연과 우주의 조화로운 질서를 무시한다면 우리에겐 순리를 거스른 혹독한 대가가 따르게 된다.

지금 전 세계에 걸쳐 해일이 일고, 땅이 갈라지고, 홍수가 나고, 한파가 몰아치는 등 그 어느 때보다 자연재해가 심각하다. 이 모두는 어머니의 품 같은 자연을 무차별적으로 파헤치고 괴롭힘을 주었기에 자연이 분노한 결과이다. 이처럼 순리를 무시하면 자연의 균형이 깨지게 되고, 그 안에서 살아가는 우리의 삶도 균형을 잃고 만다.

그렇다. 자연의 순리를 따를 때 우리의 삶도 균형을 이루게 되는 것이다.

부모에게 효를 다하듯 자연의 '순리'에 '순응'하는 우리가 되어야 한다. 그랬을 때 우리의 삶도 '균형'을 이루게 되는 것이다.

> 차를 건성으로 마시지 말라.
> 차밭에서 한 잎 한 잎 따서 정성을 다해 만든
> 그 공을 생각하며 마셔야 한다.
> 그래야 한 잔의 차를 통해 우리 산천이 지닌
> 그 맛과 향기와 빛깔도 함께 음미할 수 있을 것이다.
> 법정
>
> – 화개동에서 햇차를 맛보다 –

한 잔의 차도 예를 갖춰 마셔야 한다

지인 중에 커피를 마치 숭늉 마시듯 하는 이가 있다. 그래서 무슨 커피를 물 마시듯 하느냐고 했더니, 자신은 그렇게 마셔야 커피 마시는 기분이 든다며 껄껄 웃었다. 하기야 어떻게 마시든 자신이 맛있으면 그만이다.

하지만 차 마시는 것도 엄연히 예절이 있는 법이다. 우리의 예법에는 다도茶道라는 것이 있다. 우리의 선조는 한 잔의 차도 아무렇게나 마시지 않았다. 한 잔의 차를 마실 때도 예의를 다했던 것이다.

왜 그럴까. 그것은 한 잔의 차에 대한 감사함의 표시며, 그 차를 재배하기 위해 따가운 햇볕 아래서 수고한 이에 대한 고마움의 표현인 것이다.

법정 스님 또한 한 잔의 차를 마실 때 차밭에서 차를 따느라 수고한 '공_功'을 생각하며 마셔야 하고, 나아가 우리 산천이 지닌 맛과 향기와 빛깔도 음미해야 한다고 말한다.

옳은 지적이 아닐 수 없다. 한 잔의 차는 단순히 한 잔의 차가 아닌 것이다. 그것은 차를 재배하고 수확한 이의 정성이며, 맛있는 차를 키워낸 대자연의 은총인 것이다. 한 잔의 차에도 감사하며, 자연의 고마움을 생각하며 마셔라. 그것이야말로 인간과 자연에 대한 우리의 '도리'인 것이다.

한 잔의 차도 감사하며 마시고, 자연에 대한 고마움을 생각해야 한다. 그것은 차를 재배한 이와 자연에 대한 '도리'이다.

꽃이 꿀을 품고 있으면
소리쳐 부르지 않더라도
벌들은 저절로 찾아간다.

법정

- 그대가 곁에 있어도 -

꽃과 같이 향기가 있는 사람

싱싱하고 풋풋한 꽃은 가만히 있어도 벌들이 찾아온다. 그것은
꽃의 '달콤한 향기' 때문이다. 하지만 꽃이 시들어 신선함을 잃게
되면 벌은 찾아오지 않는다. 신선함을 잃은 꽃은 더 이상 풋풋한
향기가 나지 않기 때문이다.

마찬가지로 덕망이 높은 사람, 즉 높은 품격(인격)을 갖춘 사람 주
변엔 사람들이 몰린다. 품격은 '사람의 향기'와 같아 그와 함께하는
것만으로도 자신이 살아가는 데 큰 가르침과 도움이 되기 때문이
다. 하지만 어느 순간 품격을 잃게 되면 비난의 화살을 퍼부으며
더 이상 그 주변엔 얼씬도 하지 않는다. 이에 대해 영국의 극작가

이자 시인인 윌리엄 셰익스피어William Shakespeare는 이렇게 말했다.

"꽃에 향기가 있듯이 사람에게도 품격이란 것이 있다. 그러나 꽃도 그 생명이 생생할 때에는 향기가 신선하듯이 사람도 마음이 밝지 못하면 품격을 보전하기 어렵다. 썩은 백합꽃은 잡초보다 오히려 그 냄새가 고약하다."

셰익스피어의 말에서 알 수 있듯 '품격(인격)'은 사람만이 갖출 수 있는 품성, 즉 향기이다. 품격을 갖추기 위해서는 내가 먼저 상대를 존중하고, 신뢰하고, 배려하고, 의연하고, 정직하게 행해야 한다. 사람은 누구나 그런 사람에게 경의를 표하고 신뢰하게 된다.

사람들에게 좋은 이미지를 심어주고, 그로 인해 가치 있는 인생을 살고 싶다면 꽃과 같이 향기 있는 사람이 되어야 한다.

사람에게 있어 향기는 '품격(인격)'을 말한다. 우리는 저마다 '품격' 있는 사람이 되어야 한다.

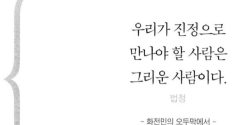

우리가 만나야 할 그리운 사람

　사람은 천성적으로 그리움의 감정을 갖고 태어난다. 그래서 살아가는 동안 누군가를 끊임없이 그리워하고 그리워한다.

　그렇다면 사람은 왜 그리움을 품고 사는 것일까. 그것은 그리움의 감정은 '사랑'을 바탕으로 하기 때문이다. 다시 말해 그리움의 감정은 사랑을 '뿌리'로 한다는 말이다. 그래서 사랑하는 사람에 대한 사랑의 감정은 누구도 막을 수 없다. 마찬가지로 그리운 이를 그리워하는 감정 또한 그 무엇으로도 막을 수 없다. 그것을 막는다는 것은 곧 불행을 의미하기 때문이다.

　그리움의 대상은 사랑하는 사람일 수도 있고, 친구일 수도 있고,

스승일 수도 있고, 제자일 수도 있고, 친지일 수도 있다. 이처럼 누군가에게 그리움의 대상이 된다는 것은 행복한 일이다. 그것은 자신이 썩 괜찮은 사람이라는 것을 의미하기 때문이다.

생각해보라. 마음에 들지 않는 사람을 그리워할 이유가 없질 않은가. 그런 까닭에 그리워하는 사람을 만난다는 것은 곧 자신이 행복해짐을 의미한다. 법정 스님도 "우리가 진정으로 만나야 할 사람은 그리운 사람이다."라고 말했는데, 그리운 이는 자신을 행복하게 하는 존재인 것이다.

그렇다. 우리는 서로가 서로에게 그리운 사람이 되어야 한다. 그리워한다는 것만으로도 서로에게 필요한 사람이며 가치 있는 존재이기 때문이다.

누군가에게 그리운 사람이 된다는 것은 행복한 일이다. 우리는 저마다 누군가에게 그리운 사람이 되어야 한다.

> 어디서든 당당하게
> 주인 노릇을 할 수 있어야 한다.
> 타인이 아닌
> 바로 내 자신이 삶의 주인이 되어야 한다.
>
> 법정
>
> – 산에는 꽃이 피네 –

나를 필요로 하는 삶의 주인이 돼라

현대무용의 개척자, 현대무용의 여신 이사도라 던컨Isadora Dun-can. 그녀는 미국 출신으로 어린 시절 음악 교사였던 어머니로부터 음악의 기초와 발레를 배웠으며, 18세 때인 1897년 델리 단원으로 영국으로 건너가 발레수업을 받았다. 그녀의 뛰어난 재능과 열정은 그곳 사람들에게 깊은 인상을 심어주었다. 영국에서 발레 수업을 마친 그녀는 뉴욕으로 돌아와 다시 발레수업을 받았다. 타고난 재능과 열정으로 그녀의 무용 실력은 나날이 더해만 갔다.

이사도라 던컨은 기존의 무용과는 다른 자신에게 맞춘 새로운 스타일의 무용을 선보였다. 그녀의 새로운 무용을 본 사람들은 새로운 감각적 스타일의 무용에 열광했고, 그녀는 세계적인 무용가로 스타덤에 올랐다.

이사도라 던컨은 개성과 주관이 뚜렷했다. 그녀는 무대의상이나 무대장치 등에도 기존과는 전혀 다른 새로운 색깔을 선보임으로써 현대무용의 개척자로 우뚝 솟으며 세계 발레 역사에 영원한 이름을 남겼다.

이사도라 던컨은 어디서든 자신이 추구하는 무용에 대해 당당했다. 그녀는 가는 곳마다 자신의 역사를 새로 씀으로써 영원한 무용가로 남게 되었다.

그가 누구든 자신의 '삶'의 '주인'이 되어야 한다. 비록, 그것이 남들이 보기에 보잘것없어 보일지라도 자신의 길을 가야 '참인생'인 것이다.

자신이 무엇을 하든 자기만의 인생을 살아야 한다. 겉모습에 취하지 않고 자신이 정말 좋아서 하는 일, 그 일에 '주인'이 되어야 한다.

집도 사람의 온기를 필요로 한다

직장인들에게 '집'은 꿈이다. 요즘 같이 집값이 비싼 시대에도 집은 꼭 갖고 싶은 꿈의 대상이다. 서울에서 32평형 아파트를 장만한다는 것은 웬만한 직장인들에게는 그림의 떡이다. 수십 년 동안 월급을 한 푼도 안 쓰고 모아도 살까 말까 한다고 한다.

그렇다면 집이 있다고 해서 다 행복할까. 이에 대한 답은 '아니다'이다. 내가 아는 어떤 사람은 수백 평의 대지에 연건평 150평이 넘는 3층짜리 대저택을 갖고 있다. 하지만 그는 전혀 행복해 보이지 않는다. 그의 가족은 그의 아내뿐이다. 그에게 자식은 꿈이었지만 그 꿈은 이루지 못했다. 고래등처럼 커다란 집도 사람이 차지 않으면 쓸쓸함으로 인해 냉기가 감돌고 따뜻함이 없다.

프랑스 파리 중심가에는 수십억이 넘는 수백 채의 고급 저택들이 텅 빈 채 흉물스럽게 있다고 한다. 소유주들이 대개 외국인이다 보니 밤이 되면 늘 불이 꺼진 채 을씨년스러운 모습을 하고 있다. 취재하는 기자가 불을 켜자 환한 온기가 되살아나는 듯했다. 이는 무엇을 말하는가. 집도 사람의 온기를 필요로 한다는 것을 알 수 있다.

그렇다. 그만큼 사람의 온기는 중요하다. 집도 이럴진대 사람과 사람 사이에서의 온기는 어떠할까. 온기가 서로를 감싸줌으로써 서로를 아끼고 사랑하며 행복하게 하기 때문이다.

아무리 좋은 집도 사람의 온기가 있을 때 집다운 집이 된다. 마찬가지로 온기를 품고 살 때 자신을 더욱 행복하게 한다.

> 돈이나 물건은 절대로 혼자서 찾아오는 법이 없다.
> 돈과 물건이 들어오면 거기에는 반드시 탐욕이라는
> 친구가 함께 따라온다. 탐욕은 모든 악의 뿌리다.
>
> 법정
>
> - 소유의 굴레 -

모든 악의 뿌리인 탐욕, 마음에서 벗어버리기

어느 마을에 포도원이 있었다. 탐스러운 포도송이가 보는 것만으로도 군침을 흘리게 했다. 이때 여우 한 마리가 포도송이를 보게 되었다. 군침을 흘리며 여우는 포도원 주위를 서성거렸다. 워낙 울타리가 단단히 쳐져 있어, 포도원 안으로 들어간다는 것은 불가능했다.

여우는 궁리 끝에 살을 빼기로 했다. 살을 빼면 몸이 홀쭉해져 울타리 틈 사이로 들어갈 수 있을 거라고 생각했던 것이다. 사흘 동안이나 굶은 여우는 드디어 포도원으로 들어갈 수 있었다. 여우는 허겁지겁 탐스런 포도를 먹어댔다. 그런데 먹는 데만 신경을 쓰다 보니 어느새 배가 고무풍선처럼 빵빵해졌다. 잠시 후 포도원 밖으로 나가려는데 배가 빵빵해져 나갈 수가 없었다. 결국 여우는 사흘을 꼬박 굶고서야 포도원 밖으로 나올 수 있었다.

이는 《탈무드》에 나오는 이야기로 여우는 식탐에 눈이 어두워 마구 먹어대는 바람에 사흘을 다시 굶어야 했던 것이다.

세상의 모든 탐욕은 이와 같다. 탐욕에 빠지다 보면 이성을 잃게 되고 그로 인해 죄를 범하게 된다. 지나친 탐욕을 경계하라. 탐욕은 모든 '악의 뿌리'이다.

탐욕은 인간의 마음을 어둡게 한다. 그래서 탐욕에 물드는 순간, 인간은 '탐욕의 노예'가 된다.

❋

큰 것을 얻기 위해서는 크게 버려라

영국의 소설가 찰스 디킨스Charles Dickens의 《크리스마스 캐럴》에 나오는 스크루지는 돈만 아는 수전노이다. 그는 베풂의 의미가 무엇인지 왜 베풀어야 하는지조차 모르는 냉혈동물 같은 사람이다.

그러던 어느 해 크리스마스이브 밤, 쇠사슬에 묶인 동업자이던 말리의 유령이 나타나 지금부터라도 다른 삶을 살라고 말한다. 그러고 나서 과거, 현재, 미래의 크리스마스 유령이 차례로 나타난다. 과거의 유령은 가난했지만 순수했던 스크루지의 젊은 시절을 보여주고, 현재의 유령은 크리스마스를 행복하게 보내는 사람들을 보여주고, 미래의 유령은 스크루지가 죽은 뒤 아무도 슬퍼하는 사람이 없는 비참한 모습을 보여준다.

크리스마스 아침에 깨어난 스크루지는 크게 뉘우치고 새로운 사람으로 거듭난다. 자신이 박대한 자선사업가에게 큰돈을 기부할 것을 약속하고, 직원인 밥의 월급을 올려주고 칠면조 고기를 선물하는 등 완전히 달라진 행보를 보인다. 그가 달라지자 비로소 참행복을 알게 된다. 스크루지의 경우에서 보듯 자신의 것을 내어놓으면 새로운 삶을 선물 받게 된다.

세계적인 부자였던 석유왕 록펠러도 스크루지처럼 돈만 알 땐 사람들로부터 돈만 아는 수전노라고 손가락질을 받았다. 그러던 그가 자신의 모든 재산을 기부하자 기부왕이라는 찬사를 받으며 행복한 말년을 보냈다. 이렇듯 크게 내어놓을 줄 아는 사람이 큰 것, 즉 '참행복'을 얻는 법이다.

움켜쥐기만 하면 베풂의 기쁨을 모른다. 크게 내어놓을 줄 아는 자만이 크게 얻는다.

> 서걱이는 바람결은
> 편지를 쓰고 싶게 만든다.
> 전화의 목소리보다
> 편지에 스며 있는 음성이 훨씬 정답다.
>
> 법정
>
> - 가을이 오는 소리 -

가끔은 체온을 담아 손편지 써 보기

바쁘게 살다보면 그리운 친구도, 고마운 사람도, 보고 싶은 사람도 마음에는 있어도 만난다는 것은 쉽지 않다. 더구나 멀리 떨어져 있다면 더더욱 쉽지 않다. 그러다 보니 그리움만 저문 산처럼 깊어간다. 가끔씩 전화도 해보고 문자나 카톡을 하지만 직접 만나 서로의 숨결을 느끼며 정답게 이야기하는 것엔 비할 바가 못 된다.

특히, 가을이 되면 그리움의 깊이는 한층 더 깊어진다. 이럴 땐 전화 대신 손편지를 써보라. 펜 끝에 내 체온을 담아 한 자 한 자 써내려 가는 동안 그리운 친구나 고마운 사람, 보고픈 사람과의 지난날의 모습을 떠올려 보기도 하고, 마치 곁에 있는 것처럼 가만히

입을 열어 이름을 불러 보기도 하면서 자신의 마음을 정성껏 담아 써 보라. 편지는 전화로는 도저히 느낄 수 없는 깊은 감동을 느끼기에 부족함이 없다. 더구나 손편지를 잘 쓰지 않는 시대이고 보니 그 감동의 물결은 달콤한 향기처럼 오래오래 간다.

그런 이유로 어떤 이들은 손편지를 보석이라도 되는 양 고이 접어 소중히 간직한다고 하니 격세지감을 느끼게 한다. 이 모두가 스마트폰과 컴퓨터라는 문명의 편리함에 익숙해지다 보니 생긴 일이다.

깊은 감흥을 느끼고 싶은가. 그렇다면 가끔 서로가 서로에게 따뜻한 마음을 담아 체온이 담긴 손편지를 써보라.

손편지를 쓰지 않는 시대이고 보니 어쩌다 받는 손편지는 대단한 감흥을 준다. 그 사람의 체온이 담긴 까닭이다. 가끔씩 손편지를 써보라.

무슨 일이든지 흥미를 가지고 해야 한다.
그래야 사는 일이 기쁨이 된다. 내가 하는 일 자체가
좋아서 하는 것이지 무엇이 되기 위해서 해서는 안 된다.
좋아서 하는 일은 그대로 충만 된 삶이다.

법정

- 여기 바로 이 자리 -

사는 일이 기쁨이 되게 하기

"일을 즐겁게 하는 자에게 세상은 천국이지만, 일을 의무로 생각하는 자에게 세상은 지옥이다."

이는 명작 모나리자로 유명한 르네상스 시대 천재 화가 레오나르도 다 빈치Leonardo Da vinci가 한 말로 이처럼 흥미를 갖고 좋아서 하는 일은 힘들어도 재밌고, 오래도록 해도 질리지 않는다. 좋아서 하는 일은 싫증이 나지 않기 때문이다. 그러나 마지못해 하거나 억지로 하는 일은 흥미도 없고 힘들고 짜증만 난다.

흥미를 갖고 좋아서 하는 일은 생산적이고 창의적이어서 결과 또한 좋은 법이다. 이에 비해 마지못해 하는 일은 지루하고 비생산적이고 비창의적이어서 결과는 언제나 밋밋하고 초라하다.

흥미를 갖고 일하기 위해서는 첫째, 이왕 하는 것 기분 좋게 시작하라. 기분 좋게 하다 보면 쉽게 흥미를 느끼게 된다. 둘째, 내가 아니면 안 된다고 생각하라. 긍정적인 마음을 갖고 하면 자신도 모르게 흥미롭게 일하게 된다. 셋째, 일을 할 수 있다는 것에 감사하라. 무언가를 할 수 있다는 것은 자신의 존재를 확인하는 것과 같다. 이 세 가지를 마음에 새겨 실천한다면 그 어떤 일도 흥미를 갖고 좋아서 하게 된다.

　그렇다. 사는 일이 기쁨이 되고, 행복이 되고 싶은가. 그렇다면 자신이 하는 일에 흥미를 갖고 기분 좋게 일하라.

모든 것은 마음을 어떻게 갖느냐에 달려 있다. 흥미롭고 슬기롭게 일하는 자신이 돼라.

> 우리가 체면이나 인습,
> 혹은 전통의 굴레에 갇히게 되면
> 새로운 인간으로 거듭날 기약이 없다.
>
> 법정
>
> - 그 일이 그 사람을 만든다 -

발전을 가로막는 체면과 인습에 갇히지 않기

체면과 인습에 갇히게 되면 새로운 인생으로 거듭나는 데 큰 장애가 된다. 체면에 갇히면 하고 싶은 일도 못하게 되고, 남의 눈치를 살피느라 스스로를 제한하게 되고 마이너스 인생을 살게 된다.

낡은 인습은 구시대적 잔재이며, 낡고 퇴보적인 정신적 산물이다. 현실은 하루가 다르게 급변하는데, 구시대적 인습에 갇히게 되면 새로운 것을 받아들이는 데 문제가 있다.

체면과 인습은 반드시 청산해야 할 구시대적인 낡은 정신, 사회적 산물이다. 새로운 인생을 살고 싶다면 새로운 사고로 무장해야하고, 새로운 시대적 가치를 추구해야 한다.

새로운 사고와 새로운 시대적 가치를 추구하기 위해서는 자신의 마인드를 늘 새롭게 갈고닦는 데 정진해야 한다. 하루가 다르게 급변하는 사회적 제도와 삶의 패턴을 받아들이고, 뒤처지지 않게 공부해야 한다.

그렇다. 새로운 삶의 가치와 인생은 이를 저해하는 체면과 인습을 떨쳐내고, 스스로를 새롭게 갈고닦음으로써 성취할 수 있다. 새로운 인생으로 거듭나는 삶은 그 어떤 꽃보다도 아름답고 향기롭다.

새로운 인생으로 살고 싶다면 체면과 낡은 인습에서 벗어나야 한다. 새로운 인생은 스스로를 새롭게 할 때 주어지는 '삶의 선물'이다.

> 밝은 것을 보려면
> 어두운 것도
> 동시에 볼 줄 알아야 한다.
> 법정
>
> - 보이는 것과 보이지 않는 것 -

밝은 것을 보려면 어둠도 동시에 보라

어둠을 통해 밝음은 더욱 밝게 빛나고, 밝음으로 인해 어둠은 더욱 짙게 어둠을 드리운다. 밝음과 어둠은 서로 상반되기에 밝음은 더욱 밝게 느껴지고, 어둠은 더욱 어둡게 느껴지는 것이다. 밝음과 어둠은 늘 한 곳에 함께 존재한다.

삶의 이치 또한 마찬가지다. 바름正이 있으면 그릇됨娛이 있고, 옳음義이 있으면 옳지 않음不義이 있고, 보이는視 것이 있으면 보이지 않는不視것이 있다. 또한 들리는聽 것이 있으면 들리지 않는不聽 것이 있고, 충만充滿함이 있으면 비움空이 있다.

이렇듯 삶이란 서로 상반되는 것들이 모여 하나의 완성을 이루어나가는 것이다. 그렇기 때문에 상반되는 것들을 볼 수 있어야 하고, 느낄 수 있어야 하고, 아우를 수 있어야 한다. 그렇게 될 때 '온전한 삶'의 '본질'에 이르게 되기 때문이다. 결국 산다는 것은 삶의 '본질의 빛'을 드러내기 위한 여정인 것이다.

그렇다. 자신의 삶을 가치 있게 살고자 한다면 밝음과 어둠을 동시에 볼 수 있는 눈을 길러야 한다. 그랬을 때 온전한 나로 살아가게 되는 것이다.

'밝음'은 '어둠'을 통해 더욱 밝게 빛나듯 '옳음'은 '그름'을 통해 더욱 옳아야 함을 깨우치게 된다. 이렇듯 세상의 이치는 그와 반대되는 것을 통해 더욱 '본질의 빛'을 드러내는 법이다.

{ 삶에 저항하지 마라.

법정

- 삶에 저항하지 마라 - }

순리를 따르되 삶에 저항하지 마라

삶을 살아오는 동안 깨달은 것이 있다면 삶은 억지를 부리고, 무리를 한다고 해서 자신이 원하는 것을 주지 않는다는 것이다. 억지를 부리고 무리를 하고 편법을 쓰면 돌아오는 것은 처절한 패배와 아픔의 상처뿐이다. 그런데도 사람들 중엔 이 사실을 망각한 채 삶에 저항하고, 자신의 아집에 사로잡혀 끝내는 스스로를 '삶의 감옥'에 갇히게 한다.

그러나 삶에 저항하지 않고 순리를 따르고, 자신이 하는 일에 열정을 다하다 보면 어느 순간, 자신이 바라는 길에 서 있는 자신을 발견하게 된다. 이는 변치 않는 삶의 진리이다.

그런데 순리를 따르더라도 자신이 바라는 삶대로 살지 못하는 경우도 있다. 이럴 때 극심한 실망감에 사로잡히게 된다. 그렇다고 해서 삶에 저항해서는 안 된다. 그것은 또 다른 실망감에 빠지게 할 수도 있기 때문이다.

그렇다. 자신에 처한 삶을 받아들여야 할 땐 못 이기는 척 받아들여야 한다. 그것을 거부한다고 해서 피해지지 않는다. 오히려 더 큰 고통이 따르게 되고, 힘겨운 상황에 봉착하게 된다.

그럴 땐 삶에 자신을 맡겨야 한다. 그리고 묵묵히 최선을 다하는 것이다. 그렇게 하다 보면 뜻하지 않는 커다란 삶을 선물로 받게 된다. 삶은 사는 게 아니라 살아지는 것이기 때문이다.

삶은 사는 게 아니라 살아지는 것이다. 삶에 자신을 맡기고 열심히 사는 지혜로운 사람이 돼라.

우리가 지금 살아 있다는 것은
당연한 일 같지만
이는 하나의 기적이고
커다란 축복이 아닐 수 없다.

법정

- 한반도 대운하 안 된다 -

매 순간이 기적, 우리는 기적을 사는 것이다

이 지구상에는 하루에도 수많은 일이 일어난다. 땅이 갈라지고, 태풍이 몰아치고, 테러가 일어나고, 수많은 사건 사고로 아까운 생명들이 삶과 이별을 한다. 이런 일들은 매일 반복적으로 일어난다. 이 모든 것으로부터 벗어나 살아간다는 것은 얼마나 감사한 일이며 은혜로운 일인가.

그런데 대개의 사람들은 이에 대한 감사함을 모른 채 당연히 여긴다. 우리는 그냥 사는 것이 아니라 매 순간 '기적'을 살고 있는 것이다. 그 기적 속에서 꿈을 꾸고, 꿈을 이루기 위해 노력하고, 꿈을 이루는 것이다.

하루도 기적이 아닌 날은 없다. 매 순간순간이 기적에 살고, 기적을 살고 있는 것이다. 그러니 얼마나 감사한 일인가.

자신에게 주어진 모든 것들에 대해 더욱 감사하며 살되, 현재 힘들고 어려운 일이 있을지라도 불평불만 대신 긍정적으로 받아들여 어려움을 이겨낼 수 있도록 해야 한다. 그렇게 하다 보면 어려움을 이겨냄으로써 좋은 결과를 얻게 될 것이다.

그렇다. 기적은 기적을 부르고, 기적 속에 모든 것은 이루어진다. 이는 '무변無變의 진리'이다.

인생을 산다는 것은 매 순간이 기적이고, 기적 속에 모든 것이 이루어진다.
기적 속에 살아감을 더욱 감사하라.

어느 날 내가 누군가를 만나게 된다면 그 사람이
나를 만난 다음에는 사는 일이 더 즐겁고 행복해져야 한다.
그래야 그 사람을 만난 내 삶도
그만큼 성숙해지고 풍요로워질 것이다.

법정

– 과속문화에서 벗어나기 –

누군가에게 꼭 필요한 사람

삶을 살아가면서 누군가에게 꼭 필요한 사람이 된다는 것은 자신은 물론 주변 사람들에게도 매우 은혜로운 일이다. 이런 사람은 긍정의 에너지로 가득 차 있어 만나는 사람 누구에게나 기쁨을 주고, 즐거움을 주고, 충만한 에너지를 불어 넣어준다.

왜 그럴까. 누군가에게 꼭 필요한 사람에겐 삶의 '향기'가 나기 때문이다. 향기가 나는 사람은 남을 편안하게 하고, 배려하는 능력이 뛰어나며, 상대에게 기쁨을 주기 위해서라면 자신을 양보할 줄도 안다.

또한 향기가 나는 사람은 남에게 꿈을 주고, 힘이 되어주기 위해 자신의 수고를 아끼지 않는다. 그리고 그렇게 사는 것을 최고의 행복으로 여기고, 축복이라고 생각한다.

그렇다. 누군가에게 꼭 필요한 사람이 됨으로써, 누군가가 나를 만난 것에 대해 고마워하고 잊지 못하는 사람이 되어야 한다. 누군가에게 기쁨을 주고 행복을 주는 사람은 그것만으로도 충분히 가치 있고 향기로운 사람이기 때문이다.

그리고 그것이야말로 자신을 행복하고 의미 있는 인생으로 살아가게 하는 최선의 길인 것이다.

누군가에게 기쁨을 주고, 행복을 줌으로써 누군가가 나를 만난 것에 대해 고마워하는 사람이 되어야 한다. 그것은 곧 자신을 향기로운 사람이 되게 하는 일이기 때문이다.

무가치한 일에 시간을 낭비하지 않기

시간을 낭비하는 것은 자신의 인생을 '마이너스'가 되게 하는 일이다. 특히, 무가치한 일에 시간을 보낸다면 더더욱 자신의 인생을 마이너스가 되게 함으로써 스스로를 무가치한 사람으로 전락시키는 것과 같다. 인생을 소비하며 사는 사람은 하나 같이 무가치한 일에 시간을 낭비한다는 공통점이 있다.

"나는 한 평범한 의학도였다. 졸업시험에 합격할 수 있을까, 합격을 하면 무엇을 해야 할까, 어디로 가야 할까, 어떻게 살아가야 할까를 걱정했다. 그러던 어느 날 답답한 내 마음을 활짝 열어줄 좋은 글귀를 만나게 되었다. 그것은 칼라일의 '우리들의 중요한 임무는 희미한 것을 보는 것이 아니라, 가까이 있는 분명한 것을 실천하는 것이다.'이다. 나는 이 글귀에 깊은 감명을 받고 꾸준히 실천한 끝에 내가 원하는 것을 얻을 수 있었다."

이는 세계 최고 의과대학인 존스홉킨스대학 설립자인 윌리엄 오슬러William Osler가 한 말로 그가 성공할 수 있었던 이유에 대해 잘 알 수 있다. 평범한 의학도였던 윌리엄 오슬러는 분명한 것을 실천하라는 칼라일의 말에 깨달음을 얻고, 최선을 다한 끝에 현대 의학의 선구자가 되었던 것이다. 소비적인 인생이 되고 싶지 않다면 시간을 잘 쓰는 사람이 되어야 한다.

무가치한 일에 시간을 낭비하지 마라. 시간을 잘 쓰는 만큼 자신이 원하는 인생을 살 수 있다.

아무리 화가 났을 때라도
말을 함부로 쏟아버리지 말라.
말은 업이 되고 씨가 되어
그와 같은 결과를 가져온다.

법정

- 어떤 주례사 -

입을 조심하라, 입은 재앙의 문이다

프랑스 극우파 정당인 국민전선의 창립자이자 대표적인 극우 민족주의자인 장마리 르펜. 그는 프랑스의 이민정책에 대해 이민을 제한해야 한다고 주장하며 이렇게 말했다.

"프랑스 정부는 이민에 대해 제한해야 한다. 우리는 이민자에게 우리의 권익을 더 이상 나눠줄 수 없다."

르펜은 민족차별주의적인 말도 서슴지 않았다. 그는 1998년 프랑스 월드컵을 앞두고 애매 자케 감독에게 이렇게 말했다.

"대표팀에 유색인종이 너무 많다. 백인들로만 팀을 꾸려야 한다."

그로 인해 아프리카 출신 이민자로 프랑스 국가대표에 올랐던 지단을 비롯한 영화배우 이자벨 아자니 등에 의해 비난을 받았다. 또 그는 "나치 독일이 유대인을 가스실에서 학살한 것은 제2차 세계대전의 역사에 있어 사소한 일 가운데 하나다"라는 막말로 물의를 빚으며, 자신의 막내딸인 마린 르펜에 의해 퇴출당했다.

구시화문口是禍問이라는 말이 있다.《전당서全唐詩》〈설시편舌詩篇〉에 나오는 것으로 입은 '재앙의 문'이라는 말로, 말을 조심하라는 뜻이다. 그렇다. 함부로 말을 하면 스스로를 불행에 빠지게 하는 화근이 된다.

모든 불행의 대부분은 '말'에 의해서다. 말을 잘하면 떡이 생기지만, 말을 잘 못하면 '패가망신'한다.

> 우리가 거칠고 험난한 세상에서 살지라도
> 맑고 환한 그 영성에 귀 기울일 줄 안다면
> 그릇된 길에 한눈팔지 않을 것이다.
>
> 법정
>
> - 하나의 씨앗이 -

날마다 마음을 깨끗이 하기

"고요한 곳에서 고요한 마음을 지키는 것은 참다운 고요함이 아니다. 소란한 가운데서 고요함을 지켜야 심성의 참경지를 얻는다. 즐거운 가운데서 즐거운 마음을 지니는 것은 참다운 즐거움이 아니다. 괴로운 곳에서 즐거운 마음을 얻어야만 마음의 참모습을 볼 것이다."

이는 《명심보감明心寶鑑》에 나오는 말로 바른 '마음가짐'에 대해 잘 알게 한다. 그러니까 마음을 깨끗하게 하고 마음의 참모습을 지니기 위해서는 고요한 가운데 즐거운 가운데서 얻는 것이 아니라, 소란하고 괴로운 가운데서 얻는 것이라는 걸 알 수 있다. 왜냐하면 그런 과정을 통해서만이 맑은 마음과 진정한 즐거움을 얻기 때문이다.

우리가 사는 세상은 온갖 소리들로 가득 차 있다. 그 소리들 중엔 우리의 마음을 심란하게 하고, 판단을 흐리게 하는 나쁜 생각들이 꼬리에 꼬리를 물고 늘어진다.

마음을 흐리게 하는 온갖 소리로 시끄러운 세상에서 잘 살아가기 위해서는 매일 세수를 하듯 마음을 깨끗이 해야 한다. 그래야 그릇된 길에 빠지지 않고 자신의 바라는 대로 잘 살아갈 수 있다.

온갖 소음으로 가득 찬 세상이다. 이런 세상에서 잘 살아가기 위해서는 날마다 '마음'을 깨끗이 닦아야 한다.

자신의 의지로 활짝 펼쳐 나가라

사람은 자기만의 인생을 살아가는 존재다. 누가 자기 대신 절대
살아주지 않는다. 오직 자신만이 자신의 삶을 자신이 원하는 대로
만들어 갈 수 있다. 그래서 어떤 사람은 자신을 최고의 인생이 되
게 하고, 또 어떤 사람은 자신의 인생을 최하의 인생이 되게 한다.

그렇다면 자신의 인생을 어떻게 해야 할지는 불을 보듯 선명해
진다. 자신의 인생을 최고가 되게 해야 한다. 그러기 위해서는 열
정을 다해 자신의 인생을 펼칠 수 있어야 한다. 단, 한 가지 명심해
야 할 것은 자신의 인생을 '누군가가 최고로 만들어 주겠지' 하고
바라지 말아야 한다. 그것은 자신의 인생을 욕되게 하는 일이다.

자기 인생은 오직 자신만이 갈고닦아 펼쳐 나가야 한다.

"남에게 의지할 때 그 기대가 무너질 때가 많다. 새는 자기의 날개로 날아간다. 그러므로 사람도 자기의 날개로 날아야 한다."

이는 프랑스의 철학자이자 역사가인 에르네스트 르낭_{Ernest Renan}이 한 말로, 무언가를 남에게 의지한다는 것은 바람직하지 않다는 것과 그러기에 자신의 날개, 즉 자신의 '의지'대로 해야 한다는 것을 잘 알게 한다.

그렇다. 무슨 일이든 남에게 기대지 말고, 자신의 의지대로 활짝 펼쳐 나가라. 자기에게 떳떳하고 자랑스러운 자신이 되어야 한다.

자신의 인생을 남에게 의지하는 것보다 추악한 일은 없다. 그것은 하등의 가치가 없는 '소모적인 인생'일 뿐이다.

> 억지로 꾸미려 하지 말라.
> 아름다움이란 꾸며서 되는 것이 아니다.
> 본래 모습 그대로가
> 그만이 지닌 특성의 아름다움이다.
>
> 법정
>
> - 꽃에게서 배우라 -

억지로 꾸미지 말고 본래 모습대로 살아가기

'미美'의 본질에 대해 고대 로마제국의 황제이자 사상가인 마르쿠스 아우렐리우스Marcus Aurelius는 "어떻게든 아름다운 모든 것은 그 안에 미의 원천이 있고, 그 자체로 완전하다."라고 말했다. 또한 미국의 교육자이자 사회주의 운동가인 헬렌 켈러Helen Adams Keller는 "미는 내부의 생명으로부터 나오는 빛이다."라고 말했으며, 프랑스의 작가이자 비평가인 J. 주베르J. Joubert는 "아름다운 것, 그것은 마음의 눈으로 보이는 미이다."라고 말했다. 미에 대한 마르쿠스 아우렐리우스, 헬렌 켈러, 주베르의 말을 종합해보면 아름다움은 사람이든 사물이든 그 자체에 있다는 것을 알 수 있다. 특히, 사람에 있어서는 그 내면에 미가 존재함을 알 수 있다. 그러니까 겉으로 보이는 것이 아닌 그 사람 내면에 있음을 뜻한다. 이를 좀 더 부연해서 말한다면 흔히들 생각하는 외모적인 미가 아니라, 있는 그대로의 그 사람만의 특성을 이름이다.

그렇다. 자신의 진정한 아름다움은 본래 갖고 태어나는 것으로써, 억지로 꾸미는 것이 아닌 있는 그대로의 장점을 잘 살려 나갈 때 아름다움은 그만큼 더 빛을 발하게 되는 것이다.

진정한 아름다움은 그 사람의 내면에 있다. 그 사람만의 특성, 그것을 잘 살리는 것이야말로 진정한 아름다움이라고 할 수 있다.

2부

사람이 사는 집은
따뜻하다

서로를 함께 받아들인다는 것은 조화요, 사랑이다.
각자 사랑하는 것들은 다르겠지만 서로를 인정하고 함께하기에 아름다운 것이다.

> 개울가에 산목련이 잔뜩 꽃망울을 부풀리고 있다.
> 한 가지 꺾어다 식탁 위에 놓을까 하다 그만두었다.
> 갓 피어나려고 하는 꽃에게 차마 못할 일 같아서였다.
>
> 법정
>
> - 봄 여름 가을 겨울 -

꽃에 대한 예의, 있는 그대로 바라보기

한 송이 꽃도, 한 포기 풀도 다 생명을 가진 생명체이다. 꽃이 있어 산과 들, 사람들이 사는 마을마다 화색이 돌고 그윽한 향기로 사람들의 얼굴에도 웃음꽃 향기가 돋는다. 또한 풀이 있어 산과 들은 푸르게 빛나고, 사람들이 사는 마을도 푸르게 빛난다.

만약 꽃이 없다면, 풀이 없다면 세상은 얼마나 삭막할까. 그 생각만으로도 아찔한 생각이 든다. 그런데 우리는 사람이라는 이유로 꺾고 싶은 꽃이 있으면 어디서나 맘대로 꺾어버리고, 풀 또한 마구 짓밟아 상처를 준다. 이는 우리에게 기쁨을 주는 꽃에게, 풀에게 아픔을 주고 생명을 빼앗는 일이다. 꽃들이 말을 한다면, 풀들이 말을 한다면 아마 우리를 은혜도 모르는 패악한 인간들이라고 할 것이다.

꽃에게도 예의를 갖고 대해야 한다. 그들도 엄연히 세상의 한 부분이며 지구의 주인이다. 우리가 무슨 권리로 꽃들을 함부로 대한단 말인가. 꽃들도 우리도 모두가 살아 있는 소중한 목숨인 것이다.

한 송이 꽃도 존재하는 이유가 있다. 그 존재의 이유를 인간이라는 이유로 묵살할 수 없다. 꽃에게도 예의를 지켜야 한다.

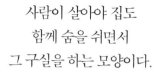

사람이 살아야 집도
함께 숨을 쉬면서
그 구실을 하는 모양이다.

법정

- 봄 여름 가을 겨울 -

사람이 사는 집은 따뜻하다

안동에 갔을 때 오랫동안 사람이 살지 않은 고택에 가본 적이 있다. 사람들이 쓸고 닦고 가꾸는 이유로 집은 깨끗하고 운치가 있었으나, 따뜻한 온기라고는 찾아볼 수가 없었다. 사람들의 숨결이 없기 때문이다.

하지만 사람이 사는 집은 따뜻함이 느껴진다. 사람들의 숨결이 살아 흐르기 때문이다. 사람의 온기가 느껴지는 물건 또한 더 정이 가고 더 애착이 간다. 숨결이 배어있기 때문이다.

사람이 살아야 집도 활기차 보이고, 마치 숨을 쉬는 것처럼 포근하게 느껴진다. 외출했다 집에 돌아오면 마음이 푸근해지는 것은 하루 종일 사람들을 기다리며 있던 집이 품고 있던 온기를 풀어놓으며 맞아주기 때문이다.

집도 오랫동안 사람이 없으면 외로움을 타고, 그리움을 탄다는 걸 난 느낀다. 단 며칠 동안이라도 집을 비웠다 돌아오면 좋아라 하며 웃는 집을 느낄 수 있는 까닭이다. 그리고 보면 집은 단지 안식하고 머무는 공간이 아니라, 사람들의 '숨결'이 살아 흐르는 생명체인 것이다.

사람들이 사는 집은 따뜻하다. 사람들의 따뜻한 숨결이 강같이 살아 흐르기 때문이다. 안식할 수 있는 포근한 집이 있다는 것에 감사하라.

한참을 장작을 팼더니 목이 말랐다.
개울가에 나가 물을 한 바가지 떠 마셨다.
이내 갈증이 가시고 새 기운이 돋았다.
목이 마를 때 마시는 생수는
갈증을 달래줄 뿐 아니라 소모된 기운을 북돋아 준다.

법정

- 봄 여름 가을 겨울 -

생명을 품은 물, 물의 생명성을 배워라

고요히 흐르는 강물을 보라. 저 잔잔한 고요 속에 무엇이 들어 있는가를. 나는 흐르는 강을 바라보는 것을 좋아한다. 강은 제 길을 벗어나 흐르는 법이 없다. 늘 제 길로 흘러가는 그 순리가 나는 좋다.

또한 소리 내어 흐르지 않는 잔잔한 고요 속에 평화가 나는 좋다. 강물은 넓은 제 품에 닿는 것은 그것이 무엇이든 품어주어 생명을 잉태하게 하고, 농업용수가 되어 논과 밭을 푸르게 하고, 공업용수가 되어 생산품을 만들어내게 하고, 전력을 생산하게 하여 밝은 빛을 내게 하고, 사람들이 편히 쉴 수 있도록 강변을 내어준다.

그러나 무엇보다 강물이 강물다운 것은 '생명'을 품고 있기 때문이다. 그래서 일찍이 강이 있는 곳엔 사람들이 몰려들어 살았으며 찬란한 문명이 꽃을 피웠다. 강은 생명이다. 그 생명성이 더욱 강을 강답게 하는 것이다.

샘물이든 시냇물이든 강물이든 물은 생명을 품고 있다. 그래서 갈증이 날 때 마시는 한 모금의 물이 달고 맛있는 것이다. 우리는 물의 생명성을 배워야 한다.

샘물이든 시냇물이든 강물이든 물은 모두 '생명'을 품고 있다. 물의 생명성, 우리는 저마다 누군가에게 소중한 생명이 되어야 한다.

가랑잎 하나도 함부로 하지 않기

가랑잎 하나에도 존재의 의미가 있을 것 같고, 만물의 영장이라는 인간이 넘어다 볼 수 없는 그들만의 질서와 세계가 있을 것 같아 함부로 밟는 것조차 조심스럽다는 법정 스님의 말은 수행자로서의 면모를 잘 보여준다.

가랑잎은 나무에 달려 있을 땐 생명을 이어주는 존재였다. 탄소동화작용(광합성작용)으로 영양분을 만들어 체관을 통해 줄기와 뿌리, 잎과 열매에 공급하는 중요한 역할을 하기 때문이다.

영양분을 공급받은 줄기와 뿌리, 잎은 튼튼하게 자라나 나무를 튼실하게 해주고 잘 익은 열매를 사람들에게 공급해준다. 그러니

'어찌 가랑잎을 하찮게 여길 수 있을까' 하는 마음이 든다.

땅에 떨어진 가랑잎은 썩어지면 거름이 되어 나무를 기름지게 한다. 가랑잎은 단순한 가랑잎이 아니다. 하나도 버릴 게 없는 그 야말로 자신을 아낌없이 주는, 사람에게나 나무에게는 너무도 소중한 존재인 것이다. 가랑잎 하나에도 함부로 여기지 않는 우리가 되어야겠다.

가랑잎 하나에도 의미를 부여하면, 그것은 곧 인간에게는 '깨우침의 그릇' 이 된다. 가랑잎은 단순한 가랑잎이 아니라 인간의 스승인 것이다.

> 가뭄 끝에 내리는 빗소리,
> 그것은 감미로운 음악이다.
>
> 법정
>
> - 봄 여름 가을 겨울 -

감미로운 대자연의 빗소리 향연

무더운 여름날 더위를 식히며 내리는 빗소리는 장엄한 오케스트라의 연주를 듣는 것 같다. 빗방울이 떨어져 내리는 대상에 따라 그 소리가 각기 달라 빗소리가 마치 장엄한 화음을 만들어내는 것 같기 때문이다.

누구나 경험을 했겠지만 장독 위에 떨어지는 빗방울 소리, 수많은 나뭇잎에 떨어지는 빗소리, 지붕에 내리는 빗소리, 창문을 두드리며 내리는 빗소리, 자동차 위에 내리는 빗소리 등 제각각 소리가 다르다 보니 다양한 소리의 조합이 새로운 소리를 만들어내는 것이다.

낮에 듣는 빗소리, 밤에 듣는 빗소리, 새벽에 듣는 빗소리의 음향이 다 다르다. 또한 산중에서 듣는 빗소리, 바닷가에서 듣는 빗소리, 강가에서 듣는 빗소리, 도심지에서 듣는 빗소리 등 다 다르다.

빗소리는 시간에 따라 장소에 따라 제각각 다른 소리를 낸다. 참으로 오묘한 자연의 은총이 아닐 수 없다.

가뭄 끝에 내리는 빗소리가 더 반갑기에 빗소리는 더욱 경쾌하게 들리는 것이다. 빗소리의 향연에 푹 젖어들고 싶다.

빗소리를 듣는 것만으로도 마음이 환히 열린다. 빗소리는 자연이 선물하는 '음악'이다.

오랜만에 떠오르는 달을 바라보니
그저 고맙고 기쁘다.
뒤 숲에서 소쩍새가 운다.
쏙독쏙독 머슴새도 운다.
산은 한층 이슥해진다.
이런 때 나는 홀로 있음에 맑은 기쁨을 누린다.

법정

- 봄 여름 가을 겨울 -

홀로 있음에 누리는 맑은 기쁨

사람들이 북적대고, 자동차들이 내는 소리 등 온갖 소리들이 뒤
엉켜 내는 소리는 그야말로 소음이다. 소음은 사람들의 마음을 불
쾌하게 하고 불편하게 한다. 소음은 사람들의 귀를 자극시키기 때
문이다.

그러나 아무도 없는 산중에서 혼자 있을 땐 들리지 않던 소리들
이 들린다. 각종 풀벌레 울음소리, 새들의 소리, 바람이 내는 소리,
바람에 나뭇잎을 비벼대며 내는 소리, 계곡물 소리, 이름을 알 수

없는 것들이 내는 청아한 소리가 귀를 맑게 하고 마음을 잔잔하게 흔들어댄다.

온갖 자연이 만들어내는 소리를 듣고 있으면, 마음 저 깊은 곳에서 울림이 퍼져 오른다. 그리고 고요해지는 자신을 만나게 된다. 한참을 그러고 있으면 알 수 없는 행복감이 밀려온다.

가끔은 아무도 없는 곳에 혼자 있는 시간이 필요하다. 혼자 있는 시간은 자신을 맑게 정화하는 시간이며, 새로운 생각들을 만나는 시간이다. 그 맑고 투명한 시간에 홀로 있는 기쁨을 느껴보라.

가끔은 혼자 조용히 자신을 만나는 시간을 가져보라. 맑은 고요 속에서 또 다른 자신을 만나게 될 것이다.

나무처럼 살 수 있으면 얼마나 좋을까.
이것저것 복잡한 분별없이 단순하고 담백하고
무심히 살 수 있으면 얼마나 좋을까.

법정

- 나무처럼-

아름다운 가치를 품은 나무처럼 살 수 있다면

나무처럼 아름다운 시를

정녕 볼 수 없으리

대지의 감미로운 젖이 흐르는 가슴에

주린 입술을 대고 서 있는 나무

온종일 하나님을 우러러보며

잎이 우거진 팔을 들어 기도하는 나무

여름이면 머리칼 속에

울새의 보금자리를 지니는 나무

그 가슴 위로는 눈이 내리고

비와 정답게 사는 나무

시는 나처럼 어리석은 자가 짓지만

나무는 오직 하나님이 만드신다

이는 알프레드 조이스 킬머의 〈나무〉라는 시이다. 나무의 소박함과 담백함이 잔잔하게 잘 나타나 있다. 자연에 순응하며 꽃을 피우고 열매를 맺어 자신의 모든 것을 아낌없이 내어주는 나무.

나는 나무가 참 좋다. 푸른 잎을 달고 서 있는 나무는 푸릇푸릇 빛나서 좋고, 붉은 단풍잎을 매달고 있는 나무는 아름다워서 좋다. 봄, 여름, 가을 나무는 다 좋지만 텅 빈 마른 나뭇가지를 매달고 선 겨울나무를 특히 좋아한다. 겨울나무를 보면 모든 탐욕을 다 내려놓은 성자처럼 보인다.

그렇다. 나무는 무심한 듯 삶을 초탈한 성자와 같은 존재다. 묵묵히 참고 견디며 자신의 사랑을 온몸으로 보여주는 성자, 아낌없이 제 모든 것을 다 내어주는 성자인 것이다.

우리는 나무의 소박함과 담백함, 묵묵함의 사랑을 배워야 한다. 나무는 말없이 온전한 사랑으로 살아가는 방법을 인간에게 가르쳐 준다.

알프레드 조이스 킬머 역시 이를 깨우쳤기에 '나무처럼 아름다운 시를 정녕 볼 수 없으리'라고 조용히 말한다. 그리고 덧붙인다. '시는 나처럼 어리석은 자가 짓지만 나무는 오직 하나님이 만드신다고.'

나무, 우리는 나무처럼 살아야 한다.

봄이 되면 나무는 잎을 피우고 꽃을 피우고, 여름이면 뜨거운 태양 아래서 열매를 익혀 가을이 오면 사람들에게 나눠준다. 그리고 겨울이 오면 허허벌판을 지키며 새봄을 맞기 위해 묵묵히 길을 간다. 나무는 이름 없는 가장 '위대한 성자'이다.

> 행복이란
> 가슴속에 사랑을 채움으로써 오는 것이고,
> 신뢰와 희망으로부터 오고,
> 따뜻한 마음을 나누는 데서 움이 튼다.
>
> 법정
>
> - 사람과 사람 사이 -

맘껏 사랑하고 부족함 없이 행복하라

사람은 누구나 행복하기를 바란다. 행복은 사람이 살아가는 이유이자 모든 것이기 때문이다. 행복한 삶을 산다는 것은 스스로를 무한한 기쁨에 젖게 하고 만족하게 하지만, 행복하지 않은 삶을 산다는 것은 스스로를 불행하게 한다.

그런데 문제는 행복은 저절로 찾아오지 않는다는 것이다. 행복하기 위해서는 행복이 자신을 찾아오게 해야 한다. 이에 대해 러시아의 문호 도스토옙스키Dostoevski는 "행복이란, 누가 주는 것이 아니라 스스로 찾아내는 것이다."라고 말했다.

그렇다. 하지만 사람들은 이 평범한 진리를 잊고 크고 좋은 것에서만 행복을 찾으려고 한다. 행복의 가치를 크고 좋은 것에 두다보니 자신을 불행하다고 여기는 것이다. 왜 그럴까. 크고 좋은 것으로부터 얻는 행복은 그만큼 힘들기 때문이다.

그러나 행복의 가치에 대한 기준을 낮춘다면 얼마든지 자신을 행복하게 할 수 있다. 행복은 멀리 있는 것도 아니고, 크고 좋은 곳에 있는 것이 아니다. 행복은 누구에게든 그 사람 가까이에 있기 때문이다.

"사람들은 행복을 찾아 세상을 헤맨다. 그런데 행복은 누구의 손에든지 잡힐 만한 곳에 있다. 그러나 마음속에 만족을 얻지 못하면 행복을 얻을 수 없다."

이는 고대 로마의 시인 호라티우스Horatius가 한 말로 행복은 자신이 어떻게 하느냐에 따라 달린 문제인 것이다. 즉, 행복하기 위해서는 자신을 행복하게 하는 일을 하면 되는 것이다. 그것이 봉사활동이든, 취미생활이든, 자신이 좋아서 하는 일이든 그것은 오직 자신이 하기 나름인 것이다.

이치가 이럴진대 자신의 힘이 미치지 못하는 것에서 행복을 찾겠다고 하니 행복은 저 멀리에 있고, 자신을 불행하다고 여기는 것이다.

자신이 진정으로 행복해지고 싶다면 가슴을 사랑으로 가득 채우고, 더 많은 사랑을 베풀어야 한다. 베푸는 사랑 속에서 사람에 대한 믿음도 신뢰도 더욱 깊어지는 것이며, 자신을 따뜻한 마음으로 가득 채울 수 있기 때문이다.

행복은 사랑에서 오고, 사랑을 줄 때 더 큰 행복으로 돌아온다. 더 많이 행복해지고 싶다면 더 많은 사랑을 베풀어라.

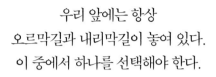

우리 앞에는 항상
오르막길과 내리막길이 놓여 있다.
이 중에서 하나를 선택해야 한다.

법정

- 어느 길을 갈 것인가-

삶은 선택이다, 지혜롭게 선택하라

미국의 시인 로버트 프로스트Robert Frost는 시 〈걸어보지 못한 길〉
에서 두 갈래 길을 놓고 어느 쪽으로 갈까, 망설이는 시적 화자를
통해 선택의 중요성과 의미에 대해 말한다.

프로스트가 시에서 보여주듯 우리는 삶을 살아가면서 수많은
선택의 순간을 맞이한다. 어느 대학으로 가야 할지에 대해, 어느
직장에 취업할지에 대해, 누구와 결혼할지에 대해, 어느 곳으로 여
행을 갈까 하는 등 수를 셀 수 없을 만큼 자의적이든 타의적으로든
선택의 기로에 서게 된다.

그런데 문제는 '선택'의 여부가 쉽지 않다는 데 있다. 왜냐하면

선택의 여부에 따라 그 결과가 다르게 나타나기 때문이다. 이에 대해 프로스트는 시 〈걸어보지 못한 길〉 4연에서 이렇게 표현했다.

오랜 세월이 흐른 다음
나는 한숨지으며 이야기를 할 것이다.
"두 갈래 길이 숲속으로 나 있었다.
그래서 나는 사람이 덜 밟은 길을 택했고,
그것이 내 운명을 바꾸어 놓았다."라고.

이 시구에서 보듯 운명이 좌우될 만큼 '선택'이 삶에 미치는 영향은 크다. 그렇다. 우리는 너 나 할 것 없이 삶을 살아가면서 많은 선택을 한다. 그리고 그 선택에 따라 각자의 삶은 모습과 삶의 빛깔을 달리한다. 그러기 때문에 우리는 지혜로운 선택을 하는 '눈'을 가져야 한다. 그것은 곧 자신의 인생을 결정짓는 중요한 일이기 때문이다.

어떤 선택을 하느냐에 따라 우리의 삶은 그 빛깔을 달리한다. 지혜로운 선택이야말로 자신의 삶을 온전하게 이끄는 '비결'이다.

개체를 넘어서 전체를 생각해야 한다.
소욕지족, 적은 것으로써 만족할 줄 알아야 한다.
그래야 넉넉해진다.

법정

- 산에는 꽃이 피네 -

적은 것으로 만족하며 전체를 생각하는 마음

인도의 독립운동 지도자이자 무저항주의자인 마하트마 간디Ma-
hatma Gandhi는 인도의 작은 소공국인 포르반다르 총리를 지낸 아버
지 카람찬드 간디 셋째 아들로 태어났다. 간디의 부모는 철저한 힌
두교 신자로 부모의 영향을 받은 간디는 어린 시절부터 정직과 성
실성이 몸에 배었다.

간디는 영국으로 유학을 하여 법률을 공부하고 변호사 자격을
취득했다. 그는 인도로 돌아온 후 남아프리카공화국에서 변호사로
일했다. 그러던 어느 날 기차를 타고 가다 백인 차장으로부터 심한
모욕을 받고 차별받는 동포들을 위해 정치가로 삶을 바꾼다. 인도

로 돌아온 그는 인도 독립을 위해 목숨을 걸고 무저항으로 투쟁한 끝에 인도의 독립을 이끌어내 인도 독립의 아버지로 추앙받는다.

간디는 얼마든지 풍족한 삶을 누릴 수 있는 조건을 마다하고, 평생을 소박하게 국가와 민족을 위해 헌신했다. 그가 온갖 고난을 겪으며 인도의 독립을 위해 투쟁할 수 있었던 것은, 자신을 넘어 조국과 인도 국민을 생각하는 마음에서였다. 또한 적은 것에도 만족하는 '소욕지족'의 넉넉한 마음을 지녔기 때문이다.

그렇다. 적은 것으로 만족하며 전체를 생각하는 삶이야말로 자신은 물론 모두를 행복하게 하는 '참마음'인 것이다.

적은 것에 만족하고 모두를 생각하는 마음이 자신은 물론 전체를 행복하고 가치 있게 만든다.

모든 생명이 살아서
수런거리는 이 힘을 우리는 봄이라고 부른다.
이렇듯 장엄한 생명의 용솟음을
누가 무슨 힘으로 막을 수 있겠는가.
얼었던 대지가 풀리고 마른 나무에 움이 트는 이 일을
누가 어떻게 막을 수 있단 말인가.

법정

- 봄 여름 가을 겨울-

찬란하도록 아름다운 봄

무겁고 칙칙했던 겨울이 지나 봄이 오면 대자연은 한바탕 생명의 축제를 벌인다. 산과 들은 푸른 옷으로 산뜻하게 갈아입고, 나무 가지마다 각양각색의 꽃들이 경쟁이라도 하는 양 환한 웃음을 터트린다. 따뜻한 햇살은 사람들이 사는 마을을 포근히 감싸주고, 사람들의 가슴에는 희망의 꿈이 꽃처럼 피어난다. 아침저녁으로 부는 봄바람을 한껏 들이키면 온몸과 마음이 맑아지는 것을 느낀다.

봄은 가난한 사람에게도 부유한 사람에게도 희망을 노래하게 하고, 새로운 각오를 다지게 한다. 봄은 '무'에서 '유'를 창조하는 계절인 것이다.

봄은 싱그러움을 한껏 품고 있어 어딜 가든 활력이 넘친다. 봄이 싱그러운 것은 새로운 생명을 탄생시키고, 온갖 새로운 것들로 이 세상을 푸르게 빛나게 하기 때문이다. 그래서 봄은 누구나 기다리고, 기쁘게 맞아들이는 것이다.

"모든 생명이 살아서 수런거리는 이 힘을 우리는 봄이라고 부른다"고 말한 법정 스님의 말은 공감을 자아내기에 부족함이 없다.

그렇다. 봄은 소리 없이 오지만 온 산천을 뒤흔들어댈 만큼 힘이 세다. 봄은 '생명의 대서사시'인 것이다.

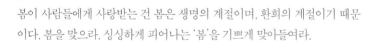

봄이 사람들에게 사랑받는 건 봄은 생명의 계절이며, 환희의 계절이기 때문이다. 봄을 맞으라. 싱싱하게 피어나는 '봄'을 기쁘게 맞아들여라.

> 산상의 맑은 햇살과 툭 트인 전망을 내려다보려면
> 오늘 같은 폭풍우도 또한 받아들여야 한다.
> 햇볕과 온기를 받아들이려면
> 천둥과 번개도 함께 받아들여야 하는 법이니까.
>
> 법정
>
> - 봄 여름 가을 겨울 -

서로 인정하고 함께 받아들이기

'양극'이 있으면 '음극'이 있고, '동東'이 있으면 '서西'가 있다. '하늘'이 있으면 '땅'이 있고, '바다'가 있으면 '강'이 있다. 이 세상은 서로 다른 상대적인 것들이 함께함으로써 조화를 이루고 형성되는 것이다.

그런 까닭에 이 세상에 존재하는 것들은 한 가지로만 된 것들이 없다. 항상 그에 비견比肩되는 것들이 어디에나 존재하는 것이다. 그런데 이런 평범한 이치를 잊고 나만 잘되면 그만이라는 식으로 산다면 그것은 자연의 질서를 거스르는 일이며, 삶의 위계를 뒤흔드는 일이다.

우리의 삶이 한층 행복하고, 저마다 가치 있게 살아가기 위해서는 서로 다른 것들이 함께 어울리며 살아가야 한다. 서로를 함께 받아들인다는 것은 조화요, 사랑이다. 각자 사랑하는 것들은 다르겠지만 서로를 인정하고 함께하기에 아름다운 것이다.

사랑하라, 함께하는 모든 것들을. 그리고 행복하라.

서로 다른 것을 인정하고 함께 받아들여라. 그렇게 할 때 조화를 이뤄 행복한 삶을 살게 된다.

> 가을의 문턱에서 지난여름을 되돌아본다.
> 우리가 겪는 일들은 우리 삶의 내용이 된다.
> 그러니 아무렇게나 살아서는 안 된다.
>
> 법정
>
> - 봄 여름 가을 겨울 -

아무렇게 산다는 것은 삶에 대한 모독이다

"그가 하루 종일 생각하고 있는 것, 그 자체가 그 사람이다."

미국의 시인이자 사상가인 랠프 왈도 에머슨Ralph Waldo Emerson이 한 말로 생각이 한 사람의 인생에 미치는 영향이 얼마나 지대한지를 함축적으로 잘 표현한 말이라고 할 수 있다.

그렇다. 생각이 그 사람을 만드는 것이다. 그 사람이 무엇을 생각하고, 무엇을 위해 실행하느냐에 따라 그 사람의 인생이 결정된다.

그런데 될 대로 되라는 식으로 생각하고, 자신을 아무렇게나 살고 방치한다는 것은 스스로를 모독하는 일이며, 결국 스스로의 인생을 불행으로 몰고 가는 부정적인 일이다.

한 번뿐인 인생을 아무렇게나 살 수는 없다. 두 번 다시는 못 살 것처럼 가치 있게 살아야 한다. 그래야 후회를 남기지 않고 스스로의 인생에 감사하게 되고, 행복한 삶의 흔적을 남길 수 있다.

자신의 인생에 감사하라. 자신이 이 세상에 태어난 것에 대해 고맙게 생각하라. 우리는 모두 그런 인생을 살아야 한다.

아무렇게 산다는 것은 자신의 인생에 대한 모독이다. 두 번 다시는 살 수 없을 것처럼 오늘을 살아야 한다.

> 개울물 소리에 실려 풀벌레 소리가 요란하다.
> 흐르는 물소리는 늘 들어도 싫지 않다.
> 자연의 소리와 빛 가운데 평안이 있다.
> 투명한 영혼이 깃들어 있다.
>
> 법정
>
> - 봄 여름 가을 겨울-

인위를 가하지 않은 맑고 푸른 천연의 소리

자연의 소리와 인간이 만들어낸 소리는 차이가 뚜렷하다. 자연의 소리는 인위적이지 않아 풋풋하고 은은하다. 거침이 없고 물결처럼 자연스럽다. 그래서 몇 번을 다시 들어도 질리지 않고 자꾸만 듣고 싶어진다.

그러나 인위적인 소리는 처음 들을 땐 소리에 취하게 되지만, 자꾸만 듣다 보면 질리게 된다. 자연스러움이 없기 때문이다.

법정 스님은 산중 생활을 하며 때 묻지 않고 인위를 가하지 않는 자연의 소리를 누구보다도 많이 들었다. 그런데도 들을 때마다 자연의 소리에 취해 그윽한 향취를 느낀다. 그리고 자연의 소리와 빛에는 평안이 있음을 발견한다. 또한 투명한 영혼이 깃들어 있음을 느낀다.

그렇다. 인위를 가하지 않은 소리에는 '깊은 울림'이 있다. 그 소리를 오래도록 듣다 보면 자신 또한 자연의 일부가 된다. 그리고 나아가 평안을 느끼게 되고 투명한 영혼의 노래가 된다.

때 묻지 않은 자연의 소리는 아무리 들어도 질리지 않는다. 자연의 소리는 인위를 가하지 않는 '천연의 소리'이기 때문이다.

개나리나 옥매 같은 꽃은 필 때는 고운데
잎이 퍼렇게 나와 있는데도 질 줄 모르고
누렇게 빛이 바래지도록 가지에 매달려 있다.
보기에 측은하고 추하다. 그러나 모란이나 벚꽃은
필 만큼 피었다가 자신의 때가 다하면 미련 없이
무너져 내리고 훈풍에 흩날려 뒤끝이 산뜻하고 깨끗하다.

법정

- 봄 여름 가을 겨울-

부끄러움이 없는 뒤끝이 산뜻한 사람

사람들은 세상을 떠날 때 크게 두 가지 현상을 보인다. 하나는
뒤끝이 산뜻하고 깨끗한 사람이다. 이런 사람들은 인생을 후회 없
이 산 사람으로, 자신에게나 다른 사람들에게 부끄러움이 없고 가
치 있게 산 사람이다.

그러나 뒤끝이 흐리고 더러운 사람은 자신에게나 다른 사람에
게 부끄러움이 많고, 무가치하게 산 사람이다. 그래서 후회가 많은
사람이다.

그러면 우리는 어떤 삶을 선택해야 하는지는 명약관화하다. 적
어도 후회를 남기지 않는 사람으로 남아야 한다. 그것은 자신의 인

생에 대한 예의이고, 자신이 태어나 살았던 세상에 대한 감사함의 표시이다.

인생을 다시 살 수 있다면 얼마나 좋을까. 이는 누구나 한 번은 생각해보았을 것이다. 그러나 아쉽게도 누구나 한 번뿐인 인생을 산다. 그래서 우리는 부끄러움이 없게 깨끗하고 의미 있는 삶을 살아야 하는 것이다.

그런 인생을 살라. 그런 인생이야말로 스스로를 축복하는 행복한 인생이기 때문이다.

뒤끝이 산뜻하고 깨끗한 사람은 후회를 남기지 않는다. 우리는 누구나 그런 인생을 살아야 한다.

> 한지의 아름다움은 창호에서 느낄 수 있다.
> 양지의 반들반들한 매끄러움과 달리 푸근하고
> 아늑하고 말할 수 없이 부드럽다.
> 양지가 햇빛이라면 우리 한지는 은은한 달빛일 것이다.
> 달빛의 이 은은함이 우리 마음을 편하게 감싸준다.
>
> 법정
>
> - 봄 여름 가을 겨울 -

고고한 자연의 숨결, 한지韓紙에서 배우다

한지에는 고고한 자연의 숨결이 살아 숨쉰다. 한지에 그려진 그림은 그래서 더 운치가 있고, 깊이가 있어 보는 사람들을 감동으로 이끈다. 그래서 예로부터 한지는 우리 민족의 사랑을 듬뿍 받아왔다.

한지가 우수하다는 것은 자타가 인정한다. 중국의 종이는 우리의 한지에 비할 바가 못돼 우리의 한지를 갖다가 썼다는 말이 전해온다. 여기에 우리 민족의 우수성이 있다.

법정 스님은 양지를 햇빛으로 비유를 하고, 한지를 은은한 달빛으로 비유한다. 양지는 햇살처럼 화려하지만 운치가 없기 때문이고, 한지는 달빛처럼 은은하여 운치가 있기 때문이다.

또한 한지는 질기고 단단해 여러 겹을 묶어 반짇고리도 만들고, 보석함도 만들고, 등도 만들고, 가방도 만들고, 우산도 만들고, 옷도 만들어 입었다.

한지처럼 질기고 단단한 그러나 부드럽고 유유▧▧한 삶을 살아야 한다. 그래야 온전한 삶을 살게 됨으로써 보람된 인생으로 남게 된다.

한지처럼 부드럽고 질기고 유유한 삶을 살아야 한다. 알차고 속이 꽉 찬 한지 같은 사람, 그런 사람이 되어야 한다.

겨울비 소리에 귀를 모으고 있으니
더욱 가난해지고 싶다.
온갖 소유의 얽힘에서 벗어나
내 본래의 모습을 통째로 드러내고 싶다.

법정

- 봄 여름 가을 겨울 -

잔잔한 겨울비에 귀 기울여 보라

겨울나무, 겨울비, 겨울 하늘, 겨울 바다, 겨울 강 등 '겨울'이 들어가는 글자는 쓸쓸하지만 담백해 보인다. 그래서 나는 개인적으로 겨울나무, 겨울 하늘, 겨울 바다, 겨울 강을 좋아한다. 담백하다는 것은 여백이 있고, 그 여백은 미美를 갖추고 있다. 마치 선과 여백을 중요시 하는 동양화처럼 말이다.

특히, 겨울비는 색다른 느낌을 준다. 겨울비 내리는 모습을 바라보면, 쓸쓸함 속에서도 마음이 따뜻해짐을 느낀다. 그래서 오래도록 눈길을 떼지 못한다. 또한 겨울비 오는 날은 마음의 묵은 때가 말끔히 가신 것처럼 마음이 맑고 깨끗해진다.

법정 스님은 겨울비 소리에 귀를 기울이면 더욱 가난해지고 싶다고 했다. 가난한 마음은 곧 마음의 담백함이며, 그것은 텅 비어서 충만함을 뜻한다. 텅 비어서 충만함은 느껴본 사람만이 안다.

텅 비어서 충만함을 느끼고 싶다면 겨울비 내리는 날에 가만히 귀 기울여 보라. 마음이 담백해지며 꽉 차오는 느낌을 갖게 될 것이다.

겨울비는 쓸쓸해 보이지만 그 쓸쓸함 속에는 마음이 맑아지는 담백함이 있다. 그 담백함을 느껴보라. 가슴이 충만해짐을 느끼게 될 것이다.

무변광대한 우주, 우주의 입자 같은 존재

우주는 무변광대無邊廣大하다. 우리가 사는 지구는 무수한 별들 중 지극히 작은 행성에 불과하다. 그 작은 행성에 70억이 넘는 인구가 모여 산다. 우리 인간 개개인은 지극히 작은 존재일 뿐이다. 이토록 작은 존재인 우리는 서로 힘을 합쳐도 모든 것이 부족한데, 이를 잊고 곳곳마다 탐욕으로 얼룩져 벌이는 전쟁으로 몸살을 앓는다.

물질의 탐욕, 내 종교만이 전부라는 종교의 탐욕, 영토의 탐욕 등 온갖 탐욕이 넘쳐난다. 전 세계가 이상기온으로 생명을 잃는 일이 점점 늘어만 간다. 물질의 탐욕에 빠져 자연을 훼손시킨 까닭이다. 아무리 첨단기술이 발달했다지만, 하늘이 기침 한번 하면 전 세계는 몸살을 앓는다.

우리가 아무리 잘났다고 외쳐대도 우주의 작은 입자 같은 존재 임을 잊어서는 안 된다. 그것을 잊고 지금처럼 계속 우주의 질서를 파괴하고 무시한다면 하나도 살아남지 못할 것이다.

그렇다. 우주 앞에 겸손하고, 우주의 질서를 따라야 한다. 그것 이 우리가 사는 최선의 비결이다.

우리는 우주의 입자 같은 지극히 작은 존재이다. 우리가 영원히 사는 길은 우주 앞에 겸손하고, 우주의 질서를 존중하는 것이다.

빗자루와 걸레를 들고 하는 청소란
단순히 뜰에 쌓인 티끌이나
방바닥과 마룻장에 낀 때만을
쓸고 닦아내는 일만은 아니다.
쓸고 닦아내는 그 과정을 통해서
우리들 마음속에 묻어 있는
티끌과 얼룩도 함께 쓸고 닦아내는 데에
청소의 또 다른 의미와 묘리가 있을 것이다.

법정

- 봄 여름 가을 겨울-

청소의 의미와 그 안에 담긴 묘리妙理

　더럽혀진 집을 보면 몸과 마음이 찝찝하고 불쾌한 생각이 든다. 더러우면 칙칙하고 무거운 마음이 들기 때문이다. 그래서 청소기를 돌리고 걸레를 빨아 구석구석 닦아내게 된다.

　청소를 하고 나면 말끔해진 방처럼 마음이 맑고 산뜻해지는 기분을 느낀다. 마치 마음속에 있던 답답한 그 무엇이 싹 씻겨나간 느낌이다. 이렇듯 몸과 마음이 가벼워지는 것처럼 상쾌하고 기분 좋은 일은 없다.

법정 스님은 '청소는 단순히 티끌을 쓸어내고, 때만 닦아내는 것이 아니다'라고 말하며, 청소를 하면서 마음속의 티끌과 때도 닦아내야 한다고 말한다. 청소란 치우는 과정이기도 하지만, 마음을 비워내는 일이기도 하기 때문이다.

그렇다. 청소를 자주하는 사람은 청소하는 기분이 어떠한지를 느꼈을 것이다. 청소를 할 땐 청소를 한다고 생각하지 말고 몸과 마음을 닦는다고 생각하라. 그러면 청소는 단순한 청소가 아니라 몸과 마음을 닦아내는 거룩한 의식처럼 여겨질 것이다.

청소를 단순히 더렵혀진 방을 치우고 거실을 치우는 일로만 생각하지 마라. 몸과 마음을 깨끗이 닦아내는 일이라고 생각하라.

나는 겨울 숲을 사랑한다.
신록이 날마다 새롭게 번지는 초여름 숲도 좋지만,
걸치적거리는 것을 훨훨 벗어 버리고
알몸으로 겨울 하늘 아래 우뚝 서 있는
나무들의 당당한 기상에는 미칠 수 없다.

법정

- 봄 여름 가을 겨울 -

당당한 기상의 나무들이 사는 겨울 숲

잎들을 다 떨구고 빈 가지로 서 있는 겨울 숲을 보면 아무것도 없을 것만 같아 보인다.

그러나 가까이 다가가면 수군거리는 소리도 들리고, 새들의 지저귐도 들리고, 짐승들의 소리도 들려 숲이 살아 있음을 느낀다. 겨울 숲의 고요에는 봄이 되면 새로 태어날 온갖 생명들의 소리로 가득 차 있다.

법정 스님은 겨울 숲을 사랑한다고 말한다. 걸치적거리는 것 없이 알몸으로 우뚝 서 있는 당당한 기상이 좋아서이다. 나는 〈겨울

나무〉라는 시에서 겨울나무를 '성자'라고 표현했는데, 같은 느낌의 맥락에서다.

겨울 숲은 수많은 성자들이 모여 기도를 하는 것 같다. 특히, 자작나무를 보면 더욱 그러한 생각이 든다. 우뚝하게 서 있는 자작나무를 보면 거룩한 성자 같다는 생각을 지울 수 없다. 그래서 나 또한 때때로 겨울 숲에 매료되기도 한다.

겨울 숲을 느껴보라. 한없이 투명해지는 자신을 만나게 될 것이다.

마음이 무거울 땐 겨울 숲을 느껴보라. 한없이 맑고 가벼워지는 자신을 느끼게 될 것이다.

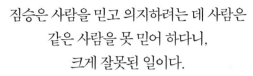

서로가 서로에게 믿음을 갖는다는 것은

서로를 믿지 못하는 것처럼 불행한 일은 없다. 믿지 못한다는 것은 상대를 인정하지 않는다는 것이고, 그것은 불신을 의미하기 때문이다. 불신이 난무하는 시대에서 산다는 것은 서로가 불행한 일이다.

우리 사회는 먹지 못하는 공업용 색소를 김치에 섞고, 유통기한이 지난 식재료로 음식을 만들고, 명품이라고 속여 짝퉁 가방을 팔고, 가짜 휘발유를 파는 등 온갖 불신이 만연해 있다. 불특정 다수를 향한 파렴치한 일은 무기징역 같은 엄벌에 처해야 한다. 그런데도 정부의 처벌은 솜방망이에 불과하다. 고작 과태료나 몇 푼 내게 하니까 끊이질 않고 계속해서 같은 일이 반복되는 것이다.

이는 개인 간에도 마찬가지다. 믿음을 보이지 않으면, 그런 사람에게는 믿음을 주지 않는다. 그러다 보니 불신만 늘어가는 것이다. 믿음이 떠난 인간관계는 진정한 인간관계가 아니다. 또한 믿음이 떠난 사회 역시 진정한 사회가 아니다.

믿음을 갖는다는 것은 나를 내어주는 것이다. 그러기 위해서는 상대에게 나를 믿어도 좋다는 진정한 믿음을 보여 주어야 한다.

서로를 믿는 것처럼 아름다운 일은 없다. 믿음은 나를 내어주는 '고귀한 행위'이기 때문이다.

달빛을 맞는데도 갖춰야 할 예의의 품격

법정 스님은 달빛도 그냥 맞는 것이 아니라 맞아들이는 자세를 갖추라고 말한다. 눈이 부신 전등불은 끄고 대신 촛불이나 등잔을 밝히라고 말한다. 그리고 그렇게 하는 것이 달에 대한 예절이고 제격이라고 덧붙인다. 다시 말해 달빛을 맞는데도 갖춰야 할 예의의 품격이 있는 것이다.

그러면 왜 그처럼 해야 하는 걸까. 그래야 달빛이 지닌 고유한 빛과 멋을 알 수 있기 때문이다. 밝은 전등은 밝은 이유로 은은한 달빛을 제대로 느낄 수 없다. 그래서 달빛과 비슷한 밝기의 촛불이나 등잔불로 맞아들여야 달빛의 은은한 진수를 느낄 수 있는 것이다.

자연을 받아들이고 느끼는 자세도 이럴진대 사람들과의 사이에서는 더더욱 상대를 맞는 자세를 갖춰야 한다. 그것은 상대에 대한 예의이기 때문이다. 상대는 예의를 갖추고 자신을 맞아준 사람에게 좋은 이미지를 갖게 되고, 자신 또한 그를 맞게 되면 그가 했듯 예의를 갖춰 맞이할 것이다.

자연이든 사람이든 정성껏 맞이한다는 것은 좋은 일이다. 정성을 들이는 일은 결국 긍정적인 결과를 낳게 하기 때문이다.

달빛 하나에도 예의를 갖춰 맞이하듯 사람을 맞이할 때는 더욱 예의를 갖춰 맞아들여야 한다. 그것은 자신에게 긍정의 에너지를 주기 때문이다.

> 이 세상에 영원한 것이 어디 있는가.
> 변하거나 죽지 않고
> 언제까지고 한결같이 존재하는 것이 무엇인가.
> 아무것도 없다.
>
> 법정
>
> - 봄 여름 가을 겨울 -

모든 것은 유한한 것, 영원한 것은 없다

'우리가 영원한 삶을 살 수 있다면 얼마나 좋을까' 하고 누구나 한 번쯤은 생각해보았을 것이다. 죽음이라는 두려움을 외면하고 싶은 마음에서다. 그러나 창조주는 인간을 비롯한 살아 있는 모든 것들을 유한한 존재로 만들었다. 그것은 창조주의 고유한 권한이며, 그 권한을 하찮은 인간인 우리가 어찌할 수는 없다.

그런데 진시황은 영원한 삶을 꿈꾸며 불로초를 찾으라고 명을 내렸다. 하지만 불로초는 그 어디에도 없었다. 아무리 권세를 지니고 부를 지녔다 해도 생명을 자신이 원하는 대로 조율할 수는 없다. 그것은 창조주의 권위에 도전하는 일이자, 우주의 질서를 무너뜨리는 일이기 때문이다.

그러면 어떻게 사는 것이 잘사는 것일까. 그것은 자신에게 주어진 생명의 마지막 시간까지 사람답게 최선의 삶을 살면 된다. 그것이 창조주에 대한 경외함이며, 스스로에 대한 예의이기 때문이다. 그렇다. 자신에게 주어진 시간대로 잘사는 것, 그것이 영원한 삶을 사는 아름다운 일인 것이다.

영원한 것은 없다. 영원히 살 것처럼 부지런히 성실히 살면 된다. 그것은 자신의 흔적을 영원히 남기는 일이기 때문이다.

3부

자신을
삶의 중심에 두기

자신을 '삶의 중심에 두느냐, 주변에 두느냐'에 따라 인생의 가치가 달라진다.
흔들림 없이 인생을 잘살고 싶다면 자신을 '삶의 중심'에 두어라.

> 인류의 정신문화 유산인
> 양질의 책을 통해 세상을 보는 눈이 열리고
> 인생의 균형을 유지할 수 있다.
>
> 법정
>
> - 고전에서 인간학을 배우다 -

세상을 바르게 보는 밝은 눈 기르기

세상을 원하는 대로 잘 살아가기 위해서는 '인생의 균형' 즉 삶의 균형을 이루어야 한다. 삶의 균형을 이루게 되면 마음이 단단해지고 흔들림이 없어 어떤 문제점이 야기됐을 때도 불안해하지 않고 지혜롭게 문제를 해결함으로써 문제로부터 벗어날 수 있다. 하지만 삶의 균형을 이루지 못하면 삶의 불균형으로 인해 원하는 삶을 살지 못할 뿐만 아니라 그로 인해 불행해질 수도 있다.

법정 스님은 삶의 균형을 이루기 위해서는 고전에서 '인간학'을 배우라고 말한다. 고전은 옛사람들의 삶과 지혜가 담겨 있는 '인생의 지혜서'이기 때문이다. 특히, 덕과 인품을 지니고 지혜로운 삶을 살았던 성현의 말씀이 담긴 책은 삶의 균형을 이루며 살아가는 데 있어 '빛과 소금'과도 같아, 이를 마음에 새기고 실천한다면 세상 보는 눈을 기르게 되어 삶의 균형을 이루는 데 큰 도움이 됨으로써 양질의 삶을 살아가게 된다.

왜 그럴까. 고전과 같은 양질의 책을 읽다 보면 성현과 직접 대화하는 것과 같은 효과가 있기 때문이다. 이에 대해 근세철학의 아버지라고 불리는 프랑스 철학자 데카르트Descartes는 이렇게 말했다.

"좋은 책을 읽는다는 것은 과거의 가장 훌륭한 사람들과 대화하는 것이다."

그렇다. 좋은 책을 읽는다는 것은 훌륭한 사람과 마주 보며 이야기를 하는 것과 같아 삶의 균형을 이루는 데 큰 도움이 된다.

삶은 급변하고 있다. 그러다 보니 몸과 마음은 지치게 되고, 그로 인해 삶은 불균형을 이루게 됨으로써 점점 더 피폐한 삶을 살게 된다. 이럴 때일수록 몸과 마음을 건강하게 해주는 고전을 읽어야 한다. 고전은 그 어떤 보약보다도 훌륭한 '마음의 보약'인 것이다.

고전은 몸과 마음을 건강하게 하는 '마음의 보약'과 같다. 고전을 많이 읽을수록 세상 보는 눈을 기르게 되어 '삶의 균형'을 이루는 데 큰 도움이 된다.

> 우리들이 어쩌다 건강을 잃고 앓게 되면
> 우리 삶에서 무엇이 본질적인 것이고
> 비본질적인 것인지 스스로 알아차리게 된다.
>
> 법정
>
> - 다시 채소를 가꾸며 -

본질적인 것과 비본질적인 것

사람이 살아가는 데 있어 '삶의 본질'을 지키며 산다는 것은 매우 중요하다. 삶의 본질은 '인간다운 내가 되는 것'으로써 삶의 본질을 지키면 인간다운 나로 살아가게 된다. 그러면 자신에게도 타인에게도 유익함을 주고, 생산적인 삶을 살게 된다. 하지만 삶의 본질을 잃게 되면 비본질적인 삶을 살게 된다. 비본질적인 삶을 살게 되면 인간에 대한 도리를 잃게 되고, 인간관계에 있어 비도덕적이고 비양심적인 삶을 살아가게 된다. 이는 자신에게도 타인에게도 무익할 뿐만 아니라 비생산적인 삶을 살게 된다.

삶의 본질을 지키기 위해서는 첫째, 도덕적으로 자신을 무장해야 한다. 둘째, 상대를 배려하는 마음을 품어야 한다. 셋째, 법과 질서를 지켜야 한다. 넷째, 양심적으로 말하고 행동해야 한다. 다섯째, 날마다 기도와 묵상을 통해 마음을 새롭게 해야 한다. 여섯째, 자비심을 잃지 않아야 한다. 일곱째, 진정성을 잃지 않도록 해야 한다.

삶의 본질을 지키기 위해서는 이의 일곱 가지를 마음에 담아 그때마다 실천해야 한다.

인생을 가치 있게 살고 싶다면 삶의 본질을 지켜라. 삶의 본질을 지키며 산다는 것, 그것은 가장 근원적인 것이면서도 가장 이상적인 삶의 목적인 것이다.

삶의 본질을 지키며 사는 사람은 가장 행복한 인생을 살지만, 비본질적인 삶을 사는 사람은 가장 불행한 인생을 산다. 삶의 본질은 반드시 지켜야 함을 명심하라.

언제 어디서나 후회 없는 삶을 살아라

후회하며 사는 것처럼 불행한 인생은 없다. 후회하는 삶은 마이너스 인생을 사는 것으로, 비생산적이고 비창의적인 삶이다.

왜 그럴까. 후회하는 삶은 절망감에 사로잡히게 하고, 삶을 무의미하게 하기 때문이다. 하지만 희망을 갖게 되면 후회하는 삶은 생산적이고 창의적인 삶으로 바뀌게 됨으로써 행복하게 살게 된다. 다음은 후회하며 절망감에 빠져 살던 사람이 희망을 갖게 됨으로써 행복한 인생으로 완전히 거듭난 아름다운 이야기이다.

절망에 빠져 하루하루를 후회하며 사는 여자가 있었다. 여자는 먹는 것도, 노래 듣는 것도, 좋은 옷도, 멋진 집도, 반짝반짝 빛나는 보석도 부럽지 않았다. 그저 어떻게 하면 죽을 수 있을지만을 생각했다. 자신을 둘러싼 모든 것은 전부 불필요했으며 무의미했다. 그녀는 극심한 상실감으로 인해 삶으로부터 완전히 멀어져 있었다.

그러던 어느 날이었다. 구원의 성녀 마더 테레사가 미국을 방문했다는 소식을 듣고 수녀를 찾아갔다.

"수녀님, 저는 죽음을 결심했습니다. 더는 살아갈 자신이 없습니다."

그녀의 말을 듣고 테레사 수녀가 말했다.

"저런… 왜 그런 결심을 하게 되었나요?"

"사는 게 너무 지겨워요. 하루하루가 고통스러워 견딜 수가 없어요."

그녀는 눈물을 흘리며 말했다. 연민 가득한 눈으로 바라보던 테레사 수녀가 그녀의 손을 잡고 말했다.

"그랬군요. 그렇다면 자살하기 전에 한 가지만 부탁해도 될까요?"

"무엇을요?"

그녀는 테레사 수녀의 말에 힘없이 말했다.

"인도에서 나와 같이 한 달만 일하고 나서 자살하는 것은 어떨까요?"

테레사 수녀의 말에 그녀는 무언가를 결심한 듯 말했다.

"그렇게 할게요, 수녀님."

"고마워요. 내 부탁을 들어줘서."

이후, 그녀는 테레사 수녀와 함께 인도로 갔다. 그곳에는 앞을 보지 못하는 사람들, 걷지 못하는 사람들, 기아와 질병으로 고통받는 사람들로 가득했다. 마치 고통을 등에 짊어지고 사는 사람들 같았다.

'세상에 이런 곳이 있다니. 저 불쌍한 사람들은 누군가의 도움 없이는 살아갈 수 없겠구나.'

이렇게 생각한 그녀는 발 벗고 나서서 그들을 돌보는 일에 열정을 다했다. 그러던 중 신기한 일이 벌어졌다. 이른 아침부터 밤늦게까지 앉아서 쉴 틈도 없이 일했지만, 조금도 피곤하지 않았다. 자신의 도움을 받은 이들이 고맙다고 할 때는 오히려 마음 깊은 곳에서 기쁨과 희망이 새록새록 피어났다. 시간이 흐를수록 그녀의 가슴은 삶에 대한 희망으로 가득 차올랐다.

"나는 살 가치가 없어."

"이 세상은 나에게 고통 그 자체야."

"하루라도 빨리 죽는 것이 내 소원이야."

이런 말을 달고 다니던 그녀가 이제는 "오늘은 참 보람된 하루였어", "내가 누군가에게 도움을 줄 수 있다니 이건 기적이야", "나는 정말이지 행복해"라고 말하게 되었다. 그녀는 하루하루가 감사하고 행복했다.

"오늘로써 이곳에 온 지도 한 달이 되었군요. 지금도 자살하고 싶은가요?"

테레사 수녀가 빙그레 웃으며 그녀에게 물었다.

"아니요. 전 살고 싶어요. 이곳에서 제가 살아야 할 이유를 발견했거든요."

그녀는 이렇게 말하며 기쁨의 눈물을 흘렸다.

"잘 생각했어요. 죽는 것은 문제의 해결이 아니랍니다. 오히려 최악으로 가는 길이지요. 그렇게 말해줘서 고마워요."

테레사 수녀는 그녀의 두 손을 꼭 잡고 기도해 주었고, 이후에도 그녀는 테레사 수녀를 도우며 즐겁게 지냈다.

하루하루를 후회하며 절망감에 빠져 살던 그녀가 이처럼 행복하게 변할 수 있었던 것은 희망적인 삶을 추구하며 실천했기 때문이다. 그녀가 행한 봉사활동은 그녀에게 기쁨을 주었고 남을 위해 산다는 것이 얼마나 소중한 일인지를 절감하게 했다. 절망적인 마음은 희망으로 바꾸었고, 후회하던 삶은 순간순간을 기쁨이 되게 했던 것이다.

만일 지금 이 순간 후회하는 삶을 살고 있다면, 당장 그 굴레에서 벗어나야 한다. 그리고 의미 있는 일을 찾아 자신을 헌신하도록 해보라. 그렇게 하다 보면 후회는 사라지고 순간순간을 행복하게 살게 될 것이다.

그렇다. 자신을 후회하며 사느냐 행복하게 사느냐는 오직 자신에게 달려 있다. 그렇다면 문제는 간단하다. 후회하는 삶으로부터 자신을 멀리하라. 그리고 그것이 무엇이든 '의미' 있는 일을 하라. 의미 있는 일은 절대로 후회를 남기지 않는 까닭이다.

후회하며 사는 것처럼 불행한 인생은 없다. 후회하는 삶으로부터 벗어나기 위해서는 그것이 무슨 일이든 '의미' 있는 일을 하는 것이다. 의미 있는 일은 마음에 기쁨을 주고 행복한 인생이 되게 한다.

> 진정한 스승은
> 제자를 자신의 추종자로 만들지 않고
> 제자 스스로 설 수 있는
> 자주적인 인간으로 만든다.
>
> 법정
>
> - 삶의 기술-

진정한 스승의 올바른 마음가짐

스승은 많으나 스승다운 스승이 없는 시대라고 말한다. 교사를 하거나 교수를 해도 밥벌이 수단, 즉 직업적으로 하는 일이다 보니, 물의를 일으키는 이들로 인해 연일 매스컴이 떠들썩하다.

제자의 성적을 조작하고, 제자와 해서는 안 될 일을 벌이는가 하면, 돈의 유혹에 빠져 부당한 일을 하는 경우가 허다하다. 또한 무분별하게 말을 함부로 하여 지탄을 받는가 하면, 자신의 뜻을 따르지 않는 제자에게 폭행을 하고 폭언을 일삼고 제자에게 줄 연구비를 떼어먹는 일도 비일비재하다. 이는 스승의 도를 망각한 파렴치한 일이 아닐 수 없다.

스승은 제자가 올바른 인품을 지니도록 가르쳐야 하고, 학문을 옳은 일을 구현하는 데 쓰이도록 가르쳐야 한다. '스승의 도道'와 '학문의 도道'를 잘 알게 하는 이야기이다.

공자의 제자 중 증자曾子는 공자의 학문을 공자의 손자인 자사子思에게 가르쳤고, 자사는 맹자孟子에게 가르침으로써 '공자의 도'를 후세에 전하는 데 크게 기여했다. 증자에게는 원칙이 있었는데 '진실하고 성실한 마음으로 이루지 못할 것은 없다'이다. 그는 '학문의 도'에 대해서도 '진실하고 성실한 마음'으로 해야 한다고 했다. 그랬기에 스승인 공자의 도를 제대로 전할 수 있었다.

증자가 공자의 제자이자 자사의 스승으로 '제자와 스승의 본'이 되는 것은 제자로서 공자의 가르침을 그대로 따랐으며 그것을 그대로 가르쳤기 때문이다. 만일 그가 자신의 학풍을 세우려고 욕심을 부렸다면 자사나 맹자와 같은 제자는 나오지 못했을 것이다. 따라서 '공자의 도'도 제대로 전해지지 못했을 것이다.

이처럼 참된 스승은 자신의 욕망을 위해 자신의 스승을 배반하거나 제자들을 이용하지 않는다. 오직 진실에 따라 가르치고 성실하게 학문을 익히도록 가르친다.

그런데 어떤 이들은 제자를 자신의 하수인쯤으로 여기거나 비인격적으로 대한다. 그리고 자신의 욕망을 위해 제자를 이용하기도 한다. 또한 지금의 학문은 좋은 직장을 갖고 출세를 하는 수단으로 전락되었다. 그러다 보니 스승도 제자도 학문도 '본질'을 잃고 말았다.

스승은 많으나 참된 스승이 드문 세상이다. 제자는 많으나 제자다운 제자가 없는 시대가 되고 말았다. 참으로 불행하고 안타까운 일이 아닐 수 없다. 누군가를 가르치는 일을 하고자 한다면 진심을 다하고 성실로써 가르쳐야 한다. 그것이 참된 학문의 도와 스승의 올바른 마음가짐이다.

스승은 오직 진실하고 성실하게 제자를 가르쳐야 하고, 제자를 비인격적으로 대하거나 자신의 추종자로 만들어서는 안 된다. 그것이야말로 참된 '스승의 도道'이다.

자비를 배우고 익히지 않으면
나눔의 기쁨을 알 수 없다.
자비를 모르는 사람은 주는 기쁨을 알지 못한다.
이웃에게 머뭇거리지 않고 선뜻 나누어 줄 수 있을 때,
타인에 대한 적개심에서 자유로울 수 있다.

법정

- 삶의 기술 -

사랑하는 법을 알 때 나눔의 기쁨을 안다

세상에서 가장 아름다운 말 가운데 하나인 '사랑'은 아무리 듣고 들어도 싫증이 나지 않는다. 사랑은 다른 사람을 아끼고 위하며 소중히 여기는 마음이며, 사랑을 베푸는 의미가 담겨 있기 때문이다.

연인에 대한 사랑이나 다른 사람들을 아끼고 위하는 사랑이 아름다운 것은 내 사랑을 그들을 위해 줄 수 있기 때문이며, 내 사랑을 누군가에게 줄 수 있다는 것은 내 마음을 나눠주는 것이기에 가치가 있는 것이다.

사랑은 받을 때도 기쁘고 행복하지만, 남에게 줄 때도 기쁘고 행복하다. 특히, 남에게 줄 땐 뿌듯한 마음이 든다. 뿌듯한 마음이 주는 행복은 사랑을 받을 때의 행복과 사뭇 다르다. 이런 행복감이

남에게 사랑을 베풀게 하고 나눔의 기쁨을 알게 하는 것이다. 하지만 이런 행복감을 모르면 남에게 사랑을 베풀지 못한다. 그래서 '사랑하는 법'을 배워야 하는 것이다.

사랑하는 법은 곧 자신을 돕듯 남을 돕는 것이다. 남을 돕는다는 것은 결국 자신을 행복하게 하는 일이다. 이에 대해 하버드대학의 긍정심리학과 교수이자 《하버드대 52주 행복연습》의 저자인 탈 벤 샤하르는 이렇게 말했다.

"다른 사람을 더 많이 도와줄수록 내가 더 많이 행복해지기 때문에 점점 더 행복해지기 위해 점점 더 많은 사람들을 도와주는 것이다."

옳은 말이다. 누군가를 도와준 적이 있는 사람은 안다. 남을 돕는 일이 얼마나 자신을 행복하게 하는지를. 사랑하는 법을 배우기 위해서는 남을 도와주는 일에 힘쓰라. 그러면 나눔의 기쁨을 온몸과 마음으로 느끼게 됨으로써 행복한 내가 될 수 있다.

사랑하는 법을 알 때 '나눔의 기쁨'을 알게 된다. 진정으로 나눔의 기쁨을 누리고 싶다면 남을 도와주는 일에 힘쓰라.

자신을 삶의 중심에 두기

자신의 일을 즐겁게 하며 행복하게 사는 사람들에게는 공통점이 있다. 자신이 하는 일에 자부심이 대단하고 자신감이 충만하다. 그러다 보니 주저함이 없고 막힘이 없다. 이러한 마음은 매사를 긍정적으로 바라보게 하고, 그 어떤 일도 흔들리거나 두려움 없이 하게 한다.

그런데 어떤 사람을 보면 자신이 하는 일에 대해 자부심이 없고, 자신감 또한 결여되어 있음을 보게 된다. 그러다 보니 어떤 일을 하든 주저하게 되고 두려움을 갖게 된다.

자신의 인생을 잘살기 위해서는 자신을 '삶의 중심'에 두어야 한다. 그렇게 되면 강한 책임감이 따르게 되고 주체의식이 강해진다. 그래서 어떤 일을 하더라도 자신감 있게 잘 해나간다. 이에 대해 미국의 시인이자 사상가인 랠프 왈도 에머슨Ralph Waldo Emerson은 이렇게 말했다.

"무엇이든 성취할 수 있다는 자신감, 이런 열의 없이 위대한 일이 성취된 예는 없다."

그렇다. 자신이 하는 일에 주체의식을 갖게 되면 자신감이 생기고, 그 어떤 일을 하더라도 삶의 중심에 서서 잘 해나가게 된다. 인생을 만족하게 살고 싶은가? 그렇다면 자신을 삶의 중심에 두어라. 그랬을 때 그 어떤 일에도 흔들림 없는 인생으로 살아가게 된다.

자신을 '삶의 중심에 두느냐, 주변에 두느냐'에 따라 인생의 가치가 달라진다. 흔들림 없이 인생을 잘살고 싶다면 자신을 '삶의 중심'에 두어라.

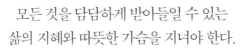

모든 것을 담담하게 받아들일 수 있는
삶의 지혜와 따뜻한 가슴을 지녀야 한다.

법정

- 알을 깨고 나온 새처럼-

모든 것을 담담하게 받아들이기

'담담하다'는 말은 '동요 없이 차분하고 침착하다'는 것을 뜻한
다. 담담한 마음을 갖게 되면 어떤 어려운 일이나 곤란한 상황에서
도 당황하거나 주저하지 않는다. 그래서 그 어떤 일도 당당하게 받
아들이고 그것을 해나가는 데 주저함이 없다.

이순신 장군을 시기하고 질투하던 선조는 이순신에게 장군의
지위를 박탈했다. 이순신은 모든 것을 담담하게 받아들인다. 그의
담담함은 분노도 억울함도 인내하게 했다. 참는 자에게 복이 있다
는 말처럼 이순신은 마침내 선조의 부름을 받는다. 수군에 남은 거
라고는 배 12척이 고작이었으나, 이순신은 "신에게는 아직 12척의

배가 있습니다."라는 말로 의지를 불태운다. 이순신은 흩어져 있던 병졸들을 불러 모아 12척의 배를 이끌고 133척의 배를 가진 왜군과 싸워 승리를 거두며 7년간의 기나긴 임진왜란을 끝내고 왜군을 조선의 땅에서 몰아냈다.

이순신은 모든 일에 있어 담담함을 잃지 않았다. 그의 담담함은 지혜로운 혜안과 따뜻한 가슴에 있음을 알 수 있다. 이순신은 올곧은 마음으로 백성과 나라를 사랑한 진정한 충신이었다.

어떤 어려움도 극복하기 위해서는 담담함을 길러야 한다. 담담함은 반드시 지녀야 할 마인드이다.

담담한 마음을 기르기 위해서는 지혜롭고 마음이 따뜻해야 한다. 그래야 그 어떤 일에도 차분하게 대처할 수 있기 때문이다.

살아 있는 기쁨, 아름다운 삶

'아름다움'의 사전적 의미를 두 가지로 보면 '모양이나 색깔, 소리 등이 마음에 들어 만족스럽고 좋은 느낌'과 '하는 일이나 마음씨가 훌륭하고 갸륵함'을 뜻한다. 이렇듯 아름다움은 매우 긍정적인 의미를 부여한다.

이를 몇 가지 관점에서 살펴본다면 아름다운 외모를 지닌 사람은 그 자체로 행복해하고, 목소리가 아름다운 사람 역시 그 자체로 만족스러워한다. 또한 아름다운 몸매를 지닌 사람은 그 자체로 만족해하며 행복해한다. 외모가 아름답거나 목소리가 아름답고 몸매가 아름다우면 사람들로부터 부러움을 사게 되고, 칭찬을 듣게 된다. 부러움과 칭찬은 당사자에게 기쁨을 주기 때문이다.

아름다움은 이런 외적인 것에도 있지만 내면이 아름다울 때 더욱 가치를 발한다. 남을 위해 헌신하거나 좋은 일을 할 때 사람들로부터 아낌없는 칭찬을 받게 된다. 나아가 다른 사람들도 헌신하며 좋은 일을 하도록 본보기가 된다. 이에 대해 세기의 연인으로 사랑받았던 오드리 헵번은 다음과 같이 말했다.

"내면의 아름다움에 대한 생각, 메이크업이 우리의 외모를 아름답게 꾸며주는 것이기는 하지만 만약 내면이 그렇지 않다면 그것은 의미가 없는 것이다."

그렇다. 진정한 아름다움은 외모보다는 그 내면에 있으며, 아름다운 삶을 살 때 살아있는 기쁨과 행복을 느끼게 되는 것이다.

아름다운 삶을 산다는 것은 살아있는 기쁨과 행복을 누리는 것과 같다. 아름답고 가치 있는 인생을 살고 싶다면 보람된 일에 헌신하고 열정을 다하라.

자신의 처지와 분수 안에서 만족할 줄 아는 삶

자신의 삶에 만족하며 사는 사람과 만족하지 못하는 사람의 차이는 자신의 처지와 분수를 알고 모르는 데에 있다. 자신의 처지와 분수를 알게 되면 자신에게 처한 삶에 대해 긍정적으로 생각하게 된다. 그래서 자신의 처지와 분수를 넘는 만족을 바라지 않는다. 그러다 보니 자신의 삶에 대체적으로 만족하며 살아간다.

그러나 자신의 처지와 분수를 모르면 자신에게 처한 삶에 대해 부정적으로 생각하게 된다. 그로 인해 자신의 삶에 대해 불만족스럽게 생각하고 자신을 불행하다고 여긴다.

그렇다면 문제는 간단하다. 행복한 인생을 살고 싶다면 자신의 처지와 분수에 맞게 살면 된다.

왜 그럴까. 처지와 분수를 알면 자신의 그릇의 크기, 즉 자기의 몫 그 이상을 채우기 위해 무리하지 않음으로써 만족하게 되기 때문이다.

"만족할 줄 아는 사람은 가난하고 천해도 즐거우나, 만족할 줄 모르는 사람은 돈이 많고 귀해도 근심한다."

이는 《명심보감明心寶鑑》에 나오는 말로 자신의 삶에 만족할 줄 아는 것이야말로, 자신의 인생을 즐겁게 하고 행복하게 하는 지혜라는 것을 알 수 있다.

자신을 행복하게 하고 싶다면 처지와 분수에 맞게 행동하라. 그러면 자신의 삶에 만족하게 된다.

어떤 상황에서도 한결같은 사람

사람은 절대 혼자서는 살 수 없다. 혼자서는 외롭고, 힘든 일을 만났을 때도 그렇고, 곤란한 상황에 처했을 때도 혼자서는 문제를 해결하는 데 어려움이 따른다. 주변에 사람이 있으면 함께함으로써 외로움에서 벗어날 수 있고 힘든 일도 능히 해낼 수 있고 곤란한 상황에서도 벗어날 수 있다.

그런데 문제는 사람들과 어울려 살아가다 보면 꼭 문제가 발생하게 되는데 그것 역시 사람으로 인해서다.

사람들의 유형을 몇 가지 살펴보면 꼭 있어야 할 사람, 있어도 그만 없어도 그만인 사람, 없어야 할 사람이 있다. 꼭 있어야 할 사람은 남에게 힘이 되고 의지가 되는 사람으로서 이런 사람은 언제나 한결같다. 그래서 이런 사람은 어딜 가든 환영을 받는다. 있어도 그만 없어도 그만인 사람은 상황에 따라 말과 행동이 바뀐다. 이런 사람은 말 그대로 있어도 그만 없어도 그만이다. 하지만 없어야 할 사람은 없는 것이 서로에게 좋다. 이런 사람은 사사건건 문제를 야기시키고 분란을 일으킨다. 그래서 그 사람과 가까이하는 것을 싫어한다.

사람들과 잘 지내기 위해서는 언제나 한결같은 모습을 보여야 한다. 이런 사람은 누구나 좋아하고 소통하기를 바라기 때문이다.

언제나 푸른 소나무처럼 한결같은 사람이 돼라. 그런 사람이야말로 꼭 있어야 할 사람이기 때문이다.

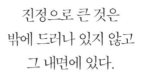

> 진정으로 큰 것은
> 밖에 드러나 있지 않고
> 그 내면에 있다.
>
> 법정
>
> - 다시 월든 호숫가에서 -

진정으로 큰 것은 밖이 아닌 내면에 있다

사람에게 있어 진정으로 큰 것은 무엇일까. 재산일까, 지위일까, 권세일까, 명예일까, 명성일까 등 여러 가지로 생각하게 된다. 이 모든 것은 사람이라면 누구나 바라는 것들이기 때문이다.

하지만 사람에게 있어 진정으로 큰 것은 '사랑'이라고 할 수 있다. 사랑은 나의 모든 것을 줄 수 있는 마음이기 때문이다. 사랑을 품고 살면 마음이 너그러워지고, 대범해지고 작은 것에 연연하지 않는다. 상대의 잘못도 용서하게 되고, 배려함은 물론 양보도 거리낌 없이 하게 된다. 재산이나 지위, 권세와 명예, 명성 따위에 욕심을 부리지 않는다.

그런데 대개의 사람들은 눈에 보이는 것만 쫓으려는 경향이 있다. 그러다 보니 정작 갖춰야 할 마음, 즉 사랑에는 소홀히 하게 된다.

사랑의 위대함에 대해 러시아 소설가 막심 고리키Maxim Gorky는 "사랑은 산을 변하게 하여 골짜기로 만든다."라고 했으며, 러시아의 대표적인 단편작가인 안톤 체호프Anton Chekhov는 "사랑할 수 있다는 것은 모든 것을 할 수 있다는 것이다."라고 말했다. 그리고 영국의 소설가 로버트 스티븐슨Robert Stevenson은 "사랑을 베푼다는 것은 이 세상을 꽃밭으로 만드는 위대한 열쇠이다."라고 했고, 보델슈빙크Bodelschwingh는 "한 방울의 사랑은 금화가 가득 찬 주머니보다 가치가 있다."고 했다.

그렇다. 아주 적확한 표현이 아닐 수 없다. 사랑은 모든 것을 품어줄 수 있고, 모든 것을 해낼 수 있는 힘이 있다. 이처럼 진정으로 큰 것은 밖에 있는 것이 아니라 내면, 즉 마음에 있는 것이다.

진실로 큰 것은 눈에 보이지 않는다. 그런 까닭에 '사랑'은 진정으로 큰 내면의 세계에 존재하는 것이다.

들꽃은 그 꽃이 저절로 자라는
그 장소에서 보아야 제대로 볼 수 있다.
꽃만 달랑 서 있다면 무슨 아름다움이겠는가.
덤불 속에 섞여서 피어 있을 때 그 꽃이 지닌 아름다움과
품격이 막힘없이 드러난다.

법정

– 들꽃을 옮겨 심다–

들꽃의 아름다움을 제대로 바라보기

법정 스님은 들꽃의 진정한 아름다움을 느끼기 위해서는 들꽃
이 피어난 장소에서 보아야 한다고 말한다. 덤불 속에 섞여 피어
있을 그 꽃이 지닌 참모습을 볼 수 있다는 생각에서다. 즉, 인위적
이지 않은 자연 그대로의 모습을 봐야 참 아름다움을 볼 수 있다는
것이다.

옳은 말이다. 들꽃을 꺾어 화병에 넣어 보는 것과 자연 그대로의
모습은 분명 차이가 있다. 인위를 가한다는 것은 본래의 모습을 훼
손하는 행위이다. 그러나 자연 그대로의 모습은 순수의 모습, 그
자체이기에 본래 모습을 그대로 유지하는 것이다.

이와 마찬가지로 우리가 사는 것도 같은 이치다. 억지로 꾸미거

나 무리를 가해서라도 삶을 치장한다는 것은 옳지 않다. 그러는 과정에서 자칫 삶의 본질을 잃을 수도 있기 때문이다. 하지만 순리를 따라 하는 일은 삶의 본질을 잃지 않는다. 순리를 따르는 일엔 무리수가 작용하지 않기 때문이다.

그렇다. 삶을 억지로 살려고 무리하지 말아야 한다. 그런 삶은 인위를 가한 들꽃처럼 아름답지 못하다. 자신에게 주어진 것을 순리에 따라 최선을 다할 때 들꽃이 피어난 장소에서 아름다운 자태를 드러내듯 아름다운 삶을 살아가게 된다.

들꽃의 참아름다움을 보는 눈의 지혜처럼 삶을 아름답게 살아가는 지혜를 기를 때 행복한 나로 살아가게 될 것이다.

무엇이든 본래 그대로의 모습이 아름다운 법이다. 삶 또한 본질을 벗어나지 않을 때 아름답고 행복하게 살게 된다.

아무리 좋은 말씀이
우리를 기다리고 있다 할지라도
나 자신이 들을 준비가 되어 있지 않으면
그 어떤 좋은 말씀도 내게는 무연하고 무익하다.

법정

- 좋은 말씀을 찾아-

항상 준비하고 맞을 자세를 취하라

강연을 할 때 보면 강연을 열심히 경청하는 사람들이 있는데 그 모습은 나를 기쁘게 한다. 그것은 강연자에 대한 예의이고, 청강하는 사람으로서의 바람직한 자세이기 때문이다. 경청의 예禮를 아는 사람들의 얼굴은 온화하고 화색이 돈다. 그런 사람들은 강연 내용을 잘 받아들여 삶의 양식으로 삼는다. 하지만 딴짓을 하거나 졸거나 하는 사람을 보면 가히 모습이 좋지 못하다. 그래서 그런 사람들은 차라리 조용히 강연장을 나가주었으면 하는 생각이 든다. 그런 자세는 강연자에게도 열심히 경청하는 사람들에게는 물론 자신에게도 무익하기 때문이다. 따라서 대화를 함에 있어서나 강연과 같은 공개강좌에서의 경청의 자세는 매우 중요하다.

바람직한 경청의 자세는 무엇일까. 첫째, 강연자와 눈을 맞춘다. 둘째, 공감이 되는 부분에서는 고개를 끄덕이거나 적극 호응을 한다. 셋째, 옆 사람과 말을 하거나 산만하게 해서는 안 된다. 넷째, 중요한 대목은 메모를 하는 것이 좋다.

"입보다는 귀를 높은 자리에 두어라."

이는 《탈무드》에 나오는 말로 바람직한 경청의 자세를 잘 알게 한다.

그렇다. 아무리 좋은 말씀도 듣는 자세가 되어 있지 않으면 유익함을 주지 못한다. 스스로 들을 준비가 되어 있지 않으면 아무리 훌륭한 말씀도 지루하고 무익할 뿐이다.

상대의 말을 잘 듣는다는 것은 상대에 대한 예의이며, 말의 내용 또한 잘 받아들이게 된다. 항상 준비하고 맞을 자세를 취하라.

> 무릇 인간관계는 신의와 예절로써 맺어진다.
> 인간관계가 단절되는 것은
> 그 신의와 예절을 소홀히 하기 때문이다.
>
> 법정
>
> – 어떤 주례사 –

인간관계는 신의와 예절로써 맺어진다

인생을 잘 살아가기 위해서는 인간관계가 물 흐르듯 자연스럽고 원만해야 한다. 사람이 하는 모든 일은 사람들과 연관되어 있기 때문에 인간관계를 잘하느냐 못하느냐에 따라 막대한 영향을 받는다. 인생을 잘살았거나 잘살아가는 사람들의 가장 큰 공통점은 인간관계가 좋다는 것을 알 수 있다.

제2차 세계대전의 영웅 윈스턴 처칠Winston Churchill과 페니실린을 만든 알렉산더 플레밍Alexander Fleming은 서로에게 없어서는 안 될 운명 같은 존재였다. 어린 시절 시골 별장에 갔다 물놀이를 하던 중 발에 쥐가 나 위험에 빠진 처칠을 시골아이였던 플레밍이 살려주었다. 이 일을 계기로 둘은 친구가 되었고, 처칠은 의사의 꿈을 갖고 있었지만 집이 가난하여 공부를 할 수 없었던 플레밍의 사정을 아버지에게 부탁한 끝에 런던으로 오게 하여 공부를 시켜주었다. 성인이 된 처칠은 군인이 되었고, 플레밍은 의사가 되었다. 전쟁에 나갔다 병에 걸려 위험에 빠진 처칠의 소식을 듣고 때마침 페니실린을 만든 플레밍은 전쟁터로 달려가 처칠에게 처방했고, 처칠은 죽음의 문턱에서 극적으로 살아났다. 처칠은 훗날 두 차례나 영국의 수상을 지냈고 회고록《제2차 세계대전The Second World War》으로 노벨 문학상을 수상했다. 플레밍은 노벨 의학상을 받는 등 둘은 성공적인 인생을 살았다.

이 둘이 평생 서로에게 그림자와 같은 존재가 될 수 있었던 것은 '신의와 예'로 맺어졌기 때문이다. 둘은 한 번도 신의를 저버린 일이 없었으며, 서로에게 예의를 지킴으로써 자칫 친한 사이에 생길 수 있는 사소한 오해로부터 자신들을 지켜낼 수 있었다.

충무공 이순신과 서애 류성룡도 신의와 예로 맺어진 사이로 유명하다. 어린 시절부터 둘은 각별한 사이였다. 이순신은 자신보다 세 살이 많은 류성룡을 형처럼 따랐고, 류성룡은 이순신을 친구이자 동생처럼 대해주었다. 성인이 된 둘은 이순신은 무신, 류성룡은 문신이 되었다. 임진왜란 당시 선조의 시기로 위기에 처한 이순신을 위기에서 구해준 것도 류성룡이었고, 이순신에게 조언을 아끼지 않은 사람도 류성룡이었다. 이순신은 류성룡을 믿었고 류성룡은 이순신을 믿었다. 임진왜란을 승리로 이끌 수 있었던 것은 이 둘이 있었기에 가능했다. 둘은 평생을 서로에게 '신의와 예'로써 대했다. 그랬기에 둘은 변함없이 서로를 존경하며 백성과 나라에 헌신할 수 있었던 것이다.

처칠과 플레밍, 이순신과 류성룡뿐만 아니라 인간관계를 잘하는 사람들은 서로에 대한 신의와 예의가 각별하다. 신의를 저버리고 예의를 다하지 못하면 수십 년 지기의 사이도 하루아침에 갈라서고 만다.

신의는 '믿음과 의리'를 일컫는 말로 '믿음'의 중요성에 대해 노자의《도덕경道德經》23장에 '신부족언 유불신언信不足焉 有不信焉'이라는 말이 있다. 이는 '믿음이 부족하면 불신이 생긴다'라는 뜻으로

'믿음이 가지 않으면 믿고 따르지 못한다'라는 말이다. 또한 '의리'의 중요성에 대해 조선시대 문신이자 성리학자인 율곡 이이는 "처세하는 데 있어서는 마땅히 자기가 지킬 도리를 다할 것이며 의리를 지켜야 한다. 그러므로 세상의 저속한 말이나 풍문 그리고 남의 잘못까지도 일체 입에 담지 말아야 한다."라고 말했다. 이어 율곡 이이는 '예'의 중요성에 대해 "사람이 몸가짐을 늘 조심해서 예의에 어긋난 행동을 삼갈 것이다. 그러므로 사람은 늘 보고, 듣고, 말하고, 움직이는 것이 모두 다 예의에 맞아야 한다."라고 했다.

노자와 율곡 이이의 말에서 보듯 세상을 살아가면서 사람들과의 좋은 관계를 맺고 싶다면 '신의와 예'를 잘 지켜야 한다는 것을 알 수 있다. 신의와 예는 인간관계에 있어 '철칙'임을 반드시 명심해야 하겠다.

사람들과 좋은 관계를 맺음으로써 인생을 잘 살고 싶다면 '신의'와 '예'를 다해야 한다. 신의와 예는 인간이 살아가는 데 있어 반드시 행해야 할 철칙이기 때문이다.

사는 일이 곧 시詩가 되어야 한다

아무리 좋은 집에서 좋은 차를 타고 보석으로 온몸을 치장하고,
좋은 옷을 입고 기름진 음식을 먹는다고 해도 마음이 맑지 않으면
행복한 삶을 살지 못한다. 마음이 맑지 않으면 즐거운 것을 봐도
즐겁지 않고, 어려운 상황에 처한 사람을 봐도 동정심이 가지 않는
다. 마음이 맑지 않다는 것은 마음의 때가 끼었다는 말이다. 즉, 정
서가 메말랐다는 말이다. 정서는 '사람의 마음에 일어나는 여러 가
지 감정'을 말함인데, 정서가 메마르면 사랑에도 인색해지고, 부정
한 것을 보아도 무감각해지고, 슬픈 것을 봐도 슬퍼하지 않고, 기
쁜 것을 봐도 기뻐할 줄 모른다. 정서를 풍부하게 하기 위해서는

시를 읽고, 음악을 듣고, 미술을 감상하는 등 문화생활을 즐겨 해야 한다. 문화생활을 하기 위해서는 돈이 필요하지만, 적은 돈으로 할 수 있는 것은 시집을 사서 읽는 것이다. 시는 인간의 희노애락을 글자라는 장치를 통해 전달하는 매개체로써 그 어느 것보다도 효과가 크다. 인간은 기쁠 때나 슬플 때 자신의 감정을 표현하려는 경향이 있다. 이는 자연적으로 마음에서 우러나는 감정에 의해서다. 이를 간파한 영국의 시인이자 수필가인 윌리엄 해즐리트William Hazlitt는 시에 대해 정의하기를 "시는 강한 감성의 자연적 발로다."라고 했다.

그렇다. 시는 인간이 느끼는 모든 감정을 표현할 수 있는 '문학의 정수'이다. 따라서 메마른 정서를 촉촉하게 하기 위해서는 시를 즐겨 읽어야 한다.

법정 스님 또한 이를 잘 알기에 가슴에 녹이 끼면 -정서가 메마르면- 시를 읽어서 삶의 리듬을 잃지 말아야 한다고 했다. 시를 읽자. 사는 일이 시가 되도록 해야 한다. 그것이야말로 인간의 정서를 메마르지 않게 하는 가장 보편적이면서도 가장 근원적인 방법이기 때문이다.

시는 인간에게 있어 '영혼의 밥'이다. 마음과 정신이 메마르지 않도록 시를 읽어야 한다.

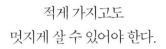

적게 가지고도
멋지게 살 수 있어야 한다.

법정

- 어떤 주례사 -

적게 가지고도 멋지게 살아가기

대개의 사람들은 돈이 많아야 행복하고 멋지게 살 수 있다고 말한다. 돈이 있어야 사고 싶은 것도 사고, 여행도 즐길 수 있고, 맛있는 것도 먹을 수 있고, 모양 나게 살 수 있다고 생각한다. 그리고 그렇게 살기 위해 돈을 버는 일에 목숨을 건다. 이런 생각이 지나치다 보니 사람들 중엔 해서는 안 될 일을 거리낌 없이 하고, 남의 가슴에 상처 주는 일도 마다하지 않는다. 이는 행복하고 멋지게 살기 위한 일이 아니다. 단지 부도덕하고 그릇된 일일 뿐이다.

정말로 잘사는 사람들은 돈이 많고 적음을 가리지 않는다. 적은 것을 가지고도 아무런 불평 없이 자신을 즐겁게 하고 행복하게 살아간다. 자신에게 주어진 것에 감사하며 자신의 삶을 맞추어 살기 때문이다. 하지만 많은 것을 갖고도 불행하다고 여기는 사람들은 더 많은 돈이 쌓인다고 해도 여전히 불행하고 멋진 삶을 살지 못한다고 불평한다. 욕심에 자신을 맞추기 때문이다.

그렇다. 욕심은 끝이 없다. 그래서 욕심으로는 절대 행복하고 멋지게 살 수 없는 것이다. '소욕지족少慾知足'이라는 말이 있다. 이는 '적은 것에 만족하며 사는 삶'을 뜻하는 말로, 이런 삶이야말로 적은 것으로도 감사해하며 얼마든지 행복할 수 있다.

행복하게 살고 싶다면 욕심을 버려라. 욕심으로는 절대 행복하고 멋지게 살 수 없다.

좋은 책을 읽으면
그 좋은 책의 내용이 나 자신의 삶으로 이어져야 한다.
이때 문자의 향기와 서권書卷의 기상이
내 안에서 움트고 자란다.

법정

- 책에 읽히지 말라-

좋은 책을 읽고 내 삶으로 만들어라

독서는 단순히 책을 읽는 행위가 아니다. 독서는 삶을 살아가는 데 있어 필요한 지혜를 구하고, 정서를 풍부하게 하여 바른 인성을 기르게 함은 물론 교양미를 지니게 하는 반드시 필요한 '지적수단' 이다. 그래서 아무 책이나 읽는다는 것은 옳지 못하다. 몸에 자양분을 공급하는 영양소와 같이 마음과 정신을 맑고 바르게 하는 책 즉, 양서를 읽어야 한다. 그리고 보다 중요한 것은 책을 읽었다고 해서 독서를 잘했다고 생각해서는 안 된다는 것이다. 책을 읽은 후에는 반드시 책 내용대로 실천하는 것이 중요하다. 이것이야말로 살아있는 독서며 내 삶으로 만드는 지혜이기 때문이다. 이에 대해 율곡 이이는 이렇게 말했다.

"독서를 하는 데 있어 입으로만 읽고 마음으로 느끼지 아니하며, 몸으로 행하지 않으면 그 글은 다만 글자에 지나지 않는다."

그렇다. 율곡 이이의 말처럼 입으로만 읽고 마음으로 느끼지 않고, 읽은 것을 실천하지 않는다면 그것은 바람직한 독서라고 할 수 없다. 읽은 것은 상황에 맞게 활용해야 독서는 빛을 발하게 되고, 그로 인해 자신의 삶을 보다 지혜롭게 살아가게 된다. 여기에 바람직한 독서의 자세에 대한 필요성이 있는 것이다. 그리고 그런 가치성을 지닌 책이야말로 진정한 양서라고 할 수 있다.

양서를 읽되 현명하게 독서하고 지혜롭게 활용하라. 그것이야말로 양서를 대하는 바람직한 독서의 자세이다.

{
　　자기를 배운다는 것은
　　곧 자기를 잊어버림이다.

법정

- 자기를 배우는 일 -
}

자기를 배운다는 것의 의미

　자신을 배운다는 것은 깨달음을 통해 거듭남을 의미하고, 거듭나기 위해서는 지금의 자신을 잊어버려야 한다. 지금 자신의 모습을 버리지 않고는 새로운 자신으로 거듭나지 못하기 때문이다.

　어떤 아이가 있었다. 어머니를 여의고 성격이 삐뚤어진 아이는 난폭한 행동으로 사람들에게 손가락질을 받았다. 아이는 자랄수록 더욱 포악하게 변해갔다. 세월이 흘러 청년이 된 그는 우연히 영적 사상가이자 사제인 토마스 아 켐피스Tomas A. Kempis의 《그리스도를 본받아》라는 책을 우연히 읽게 되었다. 책을 읽는 동안 그의 마음속에서는 알 수 없는 희열이 솟아났다. 그리고 자신이 지금껏 해왔던 일들에 대해 깊이 반성했다. 그는 지금처럼 살아서는 안 된다는 생각을 하게 되었고, 자신을 온전한 사람이 되게 해야겠다고 굳게 결심했다. 그날 이후 그는 기도를 하며 열심히 공부했다. 그리고 마침내 그는 목사가 되었고, 43년 동안 목회를 하며 완전히 거듭난 사람이 되었다. 그의 이름은 존 뉴튼John Newton으로 찬송가 '나 같은 죄인 살리신'을 작사한 것으로 유명하다.

이처럼 자기를 배운다는 것은 깨달음을 통해 거듭남을 의미하는 것이고, 거듭나기 위해서는 지금의 자신을 잊어야 하는 것이다.

진정한 배움이란 깨딜음을 통해 새롭게 거듭남을 의미하고, 거듭나기 위해서는 지금의 자신을 잊어야 한다. 그렇게 될 때 온전히 거듭난 내가 되는 것이다.

> 만족할 줄 모르고 마음이 불안하다면
> 그것은 우리가 살고 있는
> 세상과 조화를 이루지 못하기 때문이다.
>
> 법정
>
> - 무소유의 삶 -

내가 사는 세상과 조화를 이루는 삶

자신의 삶에 만족하며 사는 사람은 늘 생동감이 넘치고 표정이 밝다. 무슨 일을 하든 긍정적이고 낙관적이다. '아니오'라는 말보다 '예'라는 말을 즐겨 말한다. 어디를 가든, 어디에서든 사람들과 함께하는 것을 좋아한다. 그리고 자신이 있음으로 해서 세상에 도움이 되기를 바란다.

그러나 자신의 삶에 만족하지 못하는 사람은 늘 우울해하고, 표정이 어둡다. 무슨 일에서든 부정적이고 비관적이다. '예'라는 말보다 '아니오'라는 말을 즐겨 쓴다. 어디를 가든, 어디에서든 사람들과 함께하는 것을 좋아하지 않는다. 또한 남이 도움을 요청해도 거부하길 잘한다.

이렇듯 자신의 삶에 만족하며 사는 사람과 만족하지 못하는 사람은 마인드 자체가 완전히 반대다. 그러다 보니 자신의 삶에 만족하며 사는 사람은 세상과의 조화를 이루며 살지만, 자신의 삶에 만족하지 못하는 사람은 세상과 조화를 이루며 사는 것에 대해 익숙하지 못하다.

자신의 삶에 만족하며 세상과 조화를 이루며 살아야 한다. 그것은 곧 자신을 위하는 일이며 행복하게 하는 일이자, 한 사람으로서 자신이 사는 세상에 대한 의무인 동시에 예의인 것이다.

자신이 사는 세상에 꼭 필요한 사람이 되어야 한다. 그것은 세상과 조화를 이루는 세상에 대한 의무이자 예의인 것이다.

{
순간순간 당신
자신이 당신을 만들어간다.

법정

- 현재의 당신 -
}

순간순간 자기 자신이 자신을 만들어간다

"나는 나의 그림을 그리는 꿈을 꾸었고, 그러고 나서 나의 꿈을 그리게 되었다."

이는 〈자화상〉, 〈별이 빛나는 밤에〉로 유명한 네덜란드의 화가 빈센트 반 고흐Vincent van Gogh가 한 말로 그가 그림을 그리게 된 것은 자신의 꿈을 이루기 위해서라는 것을 뜻한다.

목사의 아들로 태어난 고흐는 열여섯 살 때 숙부가 일하는 화랑에 수습사원으로 들어갔다. 그는 예술작품을 접하면서 그림에 대한 상식을 키울 수 있었고, 프랑스 화가 밀레의 화풍을 좋아하게 되었다. 그는 뜻한 바가 있어 선교활동을 하기도 했고 서점 직원으로 일하기도 했지만, 그림 그리는 것이야말로 자신이 가장 잘할 수 있는 일이라는 걸 깨닫고 자신만의 화풍을 굳힌 뒤 자신만의 방식으로 그림을 그리는 데 열중했다.

그러나 그의 그림은 살아생전 빛을 보지 못했다. 하지만 후대에 와서 큰 빛을 발하며 최고의 화가로 인정받고 있다. 그가 그처럼 되기까지에는 가난 속에서도 매 순간 그림 그리기에 열정을 다했으며, 한시도 그림으로부터 떠난 적이 없었기 때문이다.

순간순간이 모여 영원이 되듯, 순간은 모든 시간을 이루는 근본이다. 고흐가 그랬듯 순간순간 자신에게 열중하라. 자신의 삶을 만드는 것은 곧 자기 자신인 것이다.

순간순간 자신에게 열중하라. 그런 자만이 자신이 원하는 인생을 살 수 있다.

우리 함께 볼륨을 낮추자.

법정

- 볼륨을 낮춥시다-

세상 소음으로부터 볼륨을 낮추기

우리 사회는 목소리 큰 사람이 이긴다는 말이 있을 정도로 자신의 목소리를 높이는 사람들이 많다. 정치권 사람들은 정치권 세계에서, 교육계 사람들은 교육계 세계에서, 법률계 사람들은 법률계 세계에서 각 계층 각 분야마다 저마다의 목소리를 높이고 있다. 사회관계망서비스sns가 보편화되고 나서는 각 개개인의 목소리가 커지고 있다. 이 모든 것은 자신들의 기득권을 세우려는 것을 목적으로 한다. 충분히 이해할 수 있는 일이고 다변화, 다양화된 현대사회에서는 필요하다고 하겠다.

그런데 문제는 이기심이 앞서다 보니 그 정도가 지나쳐 종종 사

170

회문제가 되고 있다. 자신의 실수나 잘못을 인정하려고 하지 않는다. 그러다 보니 소음공해가 이만저만이 아니다. 자신의 목소리를 낮출 땐 낮출 줄도 알아야 한다. 그것이 진정한 민주시민이 취해야 할 자세인 것이다.

뿐만 아니라 공동주택에서의 층간소음 또한 문제가 심각하다. 생활소음은 나기 마련이지만, 신경 써서 주의한다면 주변 사람들에게 피해를 주지 않을 수 있다. 나 하나쯤이야 하는 생각을 버려야 한다. 이 생각을 버릴 때 우리는 말의 소음, 생활소음으로부터 자유로울 수 있다는 것을 간과하지 말아야겠다.

기득권을 세우기 위한 말로 인한 소음, 생활소음 등 온갖 소음이 공해를 일으키고 있다. 소음공해를 줄여야 한다. 그것은 선진시민으로서의 마땅한 도리이다.

> 일하지 않고서도
> 먹고살 수 있는 세상이 있다면
> 그 사회구조는 어딘가
> 잘못된 데가 있을 것이다.
>
> 법정
>
> - 놀고먹지 않기 -

일하지 않고 먹겠다는 생각을 버려라

독일의 철학자이자 경제학자이며 저서《자본론》으로 유명한 칼 마르크스Karl Marx의 사회주의 근본사상은 공의公義를 위한 것이다. 즉, 모두에게 공평하게 주어지는 도리를 말한다. 다시 말해 누구는 잘되고, 누구는 잘 안 되는 것이 아닌, 모두에게 똑같이 주어지는 도리를 말하는 것이다.

칼 마르크스의 사상을 받아들여 블라디미르 레닌은 러시아 공산당을 창설하고 소련 최초의 국가원수가 되었다. 그리고 소련은 공산주의의 종주국이 되어 냉전시대의 한 축을 이뤘다.

그러나 이론적으로 공평한 도리를 지닌 공산주의는 실제에 있어 많은 우를 범했다. 열심히 일하지 않는 국민들로 인해 생산성이 저하되고, 경제력 상실로 국력은 쇠퇴했다. 결국 소련은 고르바초 프 대통령 정권 때 붕괴되고 말았다. 그로 인해 소비에트연방 국가 들은 각각의 독립국가가 되었다.

공산주의가 붕괴된 원인은 자본주의와는 달리 개인의 능력이나 실력에 따른 자본의 축적이 아니라 국가가 집과 먹을 것을 제공한 데에 기인한다. 열심히 일 안 하고 눈치나 보고 적당히 해도 된다 는 인식이 결국은 공산주의의 붕괴 요인이 되었던 것이다.

일은 먹을 것을 구하는 수단이자 자아를 실현하는 '신성한 의식' 과도 같다. 그렇다. 땀 흘려 일하고 먹는 밥은 그래서 더 맛있고, 가 치가 있는 것임을 명심해야 할 것이다.

일은 신성한 의식과도 같다. 땀 흘려 일하고 밥을 먹어야 한다. 공짜로 먹는 밥은 달콤하지만, 진정한 일의 가치를 빼앗아버리는 '독毒'과 같다.

4부

안락한 삶보다는
충만한 삶을 살아라

어떻게 살아야 할지는 분명하다.
세월에 부끄럽지 않은 인생을 산다는 것. 이는 누구에게나 삶의 과제임을 명심해야 한다.

> 인간의 입에서 살벌하고 비릿한 정치와
> 경제만 쏟아져 나오고
> 시와 노래가 흘러나오지 않는다면
> 그의 가슴은 이미 병들기 시작한 것이다.
> 먹고 마신 그 입에서 꽃 같은 노래가 나와야 한다.
>
> 법정
>
> - 뜰에 해바라기가 피었네-

꽃 같은 노래가 나오게 하라

같은 입도 아름답고 품위 있게 말하면 품격 있는 입이 되지만, 상스럽고 저속하게 말하면 저속한 입이 된다. 말이란 그 사람과도 같아 품격 있게 말하면 품격 있는 사람으로, 함부로 말하고 저속하게 말하면 속된 사람처럼 되고 만다.

지금 우리 사회는 온갖 말들로 인해 연일 시끄럽다. 국민과 나라를 위해 일하라고 뽑아 주었더니 국민은 안중에도 없고, 당리당략에만 눈이 어두워 서로를 공격하며 심지어는 국민들이 보고 있는 청문회장에서 상대방 의원에게 욕설을 퍼붓는 수준 낮은 썩어빠진 정치인들로 인해 눈살이 찌푸려지고 분노가 인다. 또한 갑질 폭언으로 인해 많은 사람들이 마음의 상처를 입고, 학생들에게 폭언을 퍼붓는 몰상식한 교사와 교수는 물론 각계각층을 막론하고 도무지 설화舌禍가 끊이질 않는다. 이 모두는 마음에 평안이 없고 상대방에 대한 존엄성을 망각한 까닭이다.

좋은 말은 상대방을 기분 좋게 하고 용기와 희망을 준다. 하지만 나쁜 말은 상대방을 분노하게 하고 씻을 수 없는 마음의 상처를 준다. 상대방을 존중하는 말, 용기와 꿈을 주는 말, 듣기 좋은 말은 상대방은 물론 자신에게도 긍정의 에너지를 주지만, 상대방을 비난하고 헐뜯고 공격하는 말은 상대방은 물론 자신에게도 부정적으로 작용한다.

말은 그 사람의 인품과도 같으므로 꽃과 같이 향기로운 말을 하는 입이 되어야겠다.

같은 입도 어떻게 말하느냐에 따라 백만 불짜리의 입이 되고, 일 불의 가치도 없는 허망한 입이 됨을 명심하라.

따뜻한 가슴은 어디서 오는가.
따뜻한 가슴은 저절로 움트지 않는다.
이웃과 정다운 관계를 통해서, 사물과의 조화로운
접촉을 통해서 가슴이 따뜻해진다.

법정

- 그 산중에 무엇이 있는가-

따뜻한 가슴을 움트게 하기

맹자孟子는 인간을 근본적으로 선하다며 성선설性善說을 주장했다. 인간은 이성을 지닌 만물의 으뜸인 존재로, 이성에 의해 얼마든지 자신을 컨트롤할 수 있으며 선善한 마음을 유지할 수 있기 때문이다.

마음이 선한 사람에게 볼 수 있는 보편적인 특징은 가슴이 따뜻하다는 것이다. 그래서 어려운 사람을 보면 그냥 지나치지 못하고 도와주고, 슬픈 사람을 보면 그 사람의 슬픔을 같이 슬퍼하고, 기쁜 일엔 같이 기뻐해준다. 그리고 사람들과 협력하여 선을 이루는 일에 적극적이다.

순자荀子는 인간을 근본적으로 악하다며 성악설性惡說을 주장했다. 이 또한 인간의 본성을 잘 지적한 말로 인간의 내면엔 악이 엄연히 존재하는 까닭이다.

이처럼 인간에겐 '선'과 '악'이 존재한다. 마음을 선하게 쓰면 선한 쪽으로, 마음을 악하게 쓰면 악한 쪽으로 마음이 기운다. 그래서 항상 마음을 선한 쪽으로 두기 위해서는 가슴을 따뜻하게 해야 한다.

법정 스님은 마음을 따뜻하게 하기 위해서는 '이웃과 정다운 관계를 통해서, 사물과의 조화로운 접촉을 통해서'라고 말한다. 이웃은 물론 어떤 사람들과도 정다운 마음을 나누고 꽃과 나무을 비롯한 사물에게도 관심을 쏟으면 그 사람과 사물의 좋은 기운이 그대로 전달돼 언제나 따뜻한 가슴을 품고 살아갈 수 있다. 인간이든 사물이든 우주의 관점에서 볼 땐 '숨결'이라는 하나의 '끈'으로 연결되어 있기 때문이다.

행복한 인생이 되고 싶은가. 그렇다면 늘 따뜻한 가슴으로 선을 행하라.

인생을 복되게 살고 싶다면 따뜻한 가슴으로 '선'을 행하라. 선을 행하는 과정에서 충만한 행복이 움트기 때문이다.

> 우리는 같은 배를 타고 가는 승객들이다.
> 그 내릴 항구는 저마다 다를지라도
> 일단 같은 배를 탄 동승자들이다.
> 따라서 우리는 항시 고락과
> 생사의 운명을 같이하고 있다.
>
> 법정
>
> - 공동운명체-

우리는 같은 배를 탄 승객들이다

우리는 모두 대한민국이라는 배를 타고 가는 승객들이다. 이 배에는 잘사는 사람 못사는 사람, 많이 배운 사람 많이 못 배운 사람, 잘난 사람 못난 사람, 명성이 자자한 사람 명성이 없는 사람, 선한 사람 악한 사람, 지위가 높은 사람 지위가 낮은 사람, 권세를 가진 사람 권세가 없는 사람 등 수 많은 계층의 사람들이 한데 어울려 타고 있다. 그런 까닭에 삶의 목적도 다르고, 목적지도 다르다.

하지만 분명한 것은 그 누구도 배를 벗어나서는 살지 못한다는 것이다. 배를 벗어나는 순간, 거센 풍랑이 삼켜버릴 것이 빤하기 때문이다. 한마디로 말해 모두는 생사고락生死苦樂을 같이 하는 존재인 것이다. 즉, 같은 '운명의 공동체'라는 말이다.

그렇다면 어떻게 하는 것이 우리 모두를 잘되게 하는 일일까. 그것은 어려울 땐 힘을 모아 서로 도우며 함께 극복하고, 기쁘고 좋은 일은 함께 나누고 함께 즐기며 사는 것이다.

그렇다. 우리 국민 모두가 어려울 때나 기쁠 때나 하나의 마음, 하나의 생각이 될 때 우리는 행복한 모두로 살아가게 될 것이다.

대한민국이라는 배에 탄 승객인 우리, 우리는 살아도 함께 살고 죽어도 함께 죽는다는 각오로 살아야 한다. 그렇게 할 때 우리 모두는 행복하게 살아갈 수 있다.

사람의 마음은 그 어디에도
얽매임 없이 순수하게 집중하고 몰입할 때
저절로 평온해지고 맑고 투명해진다.
마음의 평온과 맑고 투명함 속에서 정신력이 한껏 발휘되어
고도의 주의력과 순발력과 판단력을 갖추게 된다.

법정

- 명상으로 삶을 다지라-

순수하게 집중하고 몰입하기

산책을 하다 보면 산책로가의 나무들이 뿌옇게 먼지를 뒤집어 쓰고 있는 것을 보게 된다. 먼지를 뒤집어쓴 나무는 먼지로 인해 제 푸름의 빛깔을 내지 못하고, 그것을 바라보는 내 마음에도 먼지가 잔뜩 낀 듯 답답함을 느끼곤 한다. 그런데 비가 내리고 나면 본래의 푸름을 발산하며 산뜻한 모습으로 서 있어 보는 내 마음도 산뜻해짐을 느낀다.

나무에 먼지가 끼면 푸름의 제 모습을 잃는 것처럼 사람 또한 마음에 먼지가 끼면 작은 일에도 스트레스를 잘 받게 되고, 거칠어지고, 완악해진다. 이런 마음으로는 평온한 마음을 유지하기 힘들다.

그래서 때때로 마음의 낀 먼지를 씻어내야 한다. 마음에 낀 먼지를 씻어내는 좋은 방법으로는 기도와 명상, 독서와 사색 등을 들 수 있다. 기도와 명상은 자신의 내면을 깨끗이 하는 행위이고, 독서와 사색은 생각을 깊이 있게 해주는 행위이므로 기도와 명상, 독서와 사색을 반드시 생활화해야 한다. 그리고 어디에도 얽매이지 않아야 한다. 매이다 보면 마음의 평온함을 잃게 된다.

평온한 마음을 지니고 싶다면 순수하게 집중하고 몰입하라. 고도의 주의력과 순발력과 판단력을 갖추게 됨으로써 마음을 평온히 하는 데 많은 도움이 될 것이다.

하루하루가 시끄러운 전쟁터와 같다. 마음은 찌든 먼지로 편치 않고 쉬 지치고 피로하다. 평온한 마음을 갖기 위해서는 기도와 명상, 독서와 사색을 습관화하라.

> 진정한 만남은 상호 간의 눈뜸이다.
> 영혼의 진동이 없으면 그건 만남이 아니라
> 한때의 마주침이다.
> 그런 만남을 위해서는
> 자기 자신을 끝없이 가꾸고 다스려야 한다.
>
> 법정
>
> - 사람과 사람 사이 -

자신을 끝없이 가꾸고 다스리기

살아가는 일은 끊임없는 만남으로 이어진다. 그 어떤 삶도 사람들과의 만남 없이 지속될 수 없고, 새로운 삶을 살아간다는 것은 불가능하다. 이런 관점에서 볼 때 만남이란 곧 자기 창조이자 에너지를 불어넣는 '창조적 행위'이다. 사람들과의 만남을 통해 자신의 삶의 역사는 새롭게 쓰이고 새로운 기회를 맞게 되기 때문이다.

그런데 사람들 중엔 만남을 아무렇지도 않게 생각하고, 마치 가벼운 소일거리처럼 생각해 성의 없이 여기고 함부로 하는 경우가 있다. 이는 자기 인생을 욕되게 하는 매우 그릇된 행위이다.

사람들과 진정한 만남을 갖고 싶다면 자신부터 진실해져야 하고, 자신만의 특성을 갖추는 것이 좋다. 그렇게 될 때 좋은 사람들과의 진정한 만남을 이루게 되고, 자신의 인생을 이롭게 할 수 있다. 이에 대해《둔감력 수업》의 저자인 우에니시 아키라는 다음과 같이 말한다.

"사람들과의 만남을 소중히 하면 그만큼 소망을 이룰 수 있는 가능성이 높아진다."

그렇다. 사람들과의 만남을 소중히 하고 진정한 만남을 갖기 위해 자신을 끝없이 가꾸고 다스려야 한다. 그랬을 때 자신에게 좋은 일이 일어나게 되고, 그것이야말로 자신의 인생에 대한 예의이고 행복을 위한 방책이기 때문이다.

좋은 사람들과 진정한 만남을 갖기 위해서는 자신을 끝없이 가꾸고 다스려야 한다. 그랬을 때 좋은 사람들이 알아봄으로써 진정한 만남을 갖기 위해 다가온다. 좋은 사람은 진정한 사람을 알아보는 법이다.

> 고통과 위기를 통해서
> 우리 내부에 잠재된 창의력과 의지력이 계발되어
> 개인이나 사회는 새롭게 성장하고 발전하게 된다.
>
> 법정
>
> - 비닐봉지 속의 꽃 -

새로운 성장의 디딤돌, 고통과 위기

고난과 역경에 처했을 때 어떤 사람은 아무렇지도 않게 여기고 고난을 극복하기 위해 최선을 다한다. 그러나 또 다른 사람은 고난에 눌려 전전긍긍하다 고난으로부터 도망치거나 포기하고 만다.

자신의 인생을 값지게 살았던 사람들은 고난의 고통과 위기에서도 전혀 흔들리지 않았다. 오히려 고난을 기회로 삼아 노력한 끝에 성공을 이뤄냈다.

세계경제사에 전무후무한 역사를 쓴 애플의 창업자 스티브 잡스Steve Jobs. 그는 자신이 만든 애플사에서 쫓겨나는 고통을 당했다. 그러나 그는 자신을 쫓아낸 애플사에 대해 불평하거나 좌절하지 않았다. 그는 현재 자신이 처한 상황을 슬기롭게 극복하기 위해 지혜와 용기를 다해 최선을 다했다. 마침내 애플사의 CEO로 영입되었다. 그 후 그는 탁월한 상상력과 직관력으로 '아이맥(iMac)'을 출시하여 성공을 거두며 자신의 존재감을 만천하에 확인시켰다. 그리고 이후 '아이팟(iPod)'을, 2003년에는 '아이튠스 뮤직스토어'를 출시하여 센세이션을 불러일으켰다. 2007년엔 '아이폰(iPhone)'를 출시하여 아이팟 누적대수 1억을 돌파하는 기염을 토하며 사람들을 놀라게 했다. 또한 2010년에는 '아이패드(iPad)' 출시하여 폭발적으로 판매고를 올렸다. 그리고 이듬해인 2011년엔 '아이패드2'를 출시하며 대성공을 거두었다.

　스티브 잡스는 고난의 역경을 딛고 극복한 끝에 세계경제사에 길이 남는 성공의 대역사를 씀으로써 자신의 이름을 영원히 기록

되게 했다. 고난의 고통은 그에게는 새로운 도전을 위한 지혜와 용기를 기르는 생산적이고 창의적인 기회로 작용했으며 그는 그 기회를 열정으로 이겨냈던 것이다.

"고난은 잠자던 용기와 지혜를 깨운다. 사실, 고난은 우리에게 없던 용기와 지혜를 창조해 내기도 한다. 우리는 오직 고난을 통해 정신적으로 영적으로 성숙할 수 있다."

이는《랍비의 선물》을 쓴 정신과의사인 모건 스콧 팩Morgan Scott Peck이 한 말로 고난은 용기와 지혜를 일깨우는 '창의적이고 생산적인 일'이라는 걸 잘 알게 한다.

그렇다. 지금 이 순간 고난과 역경으로 고통스러워한다면 고난을 딛고 성공한 사람들처럼 좌절하지 말고 고난을 극복하기 위해 최선을 다하라. 그러는 과정에서 지혜와 용기가 길러지고 그것은 '성공의 디딤돌'이 되어 줌을 명심해야 할 것이다.

고난과 역경의 고통에 좌절하지 말고, 그것을 성공의 기회로 삼으라. 그것을 생산적인 에너지로 만들기 위해서는 최선을 다해 극복해야 한다. 극복하는 순간 지혜와 용기를 얻게 되고, 그것은 성공의 에너지로 작용하게 됨을 기억하라.

> 개울가에 앉아 무심히 귀 기울이고 있으면,
> 물만이 아니라 모든 것은
> 멈추어 있지 않고 지나간다는
> 사실을 새삼스레 인식하게 된다.
>
> 법정
>
> – 그런 길은 없다–

세상의 모든 것은 멈추지 않고 지나간다

시간도 강물도 세월도 한 번 가고 나면 두 번 다시 돌아오지 않는다. 인생 또한 마찬가지다. 영원히 살 것 같지만 때가 되면 어김없이 세상과의 작별을 고한다.

그런데 사람들 중엔 영원히 살 것처럼 구는 이들이 있다. 이런 사람들은 대개 탐욕으로 가득 차 있어 자신이 잘못을 저지르고도 잘못을 모른다. 그러다 보니 악을 행해서라도 남의 것을 빼앗아 제 것으로 만들고, 남의 가슴에 씻을 수 없는 마음의 상처를 준다.

구약성경 〈창세기〉에 보면 인류의 조상 아담에겐 가인과 아벨이라는 두 아들이 있다. 장남 가인은 농사를 짓고, 둘째 아벨은 양을 치며 살았다. 가인은 땅의 소산으로 여호와께 제물을 드렸고, 아벨은 양의 첫 새끼와 그 기름으로 드렸다.

그런데 여호와께서는 가인 것은 기뻐 받지 아니하고, 아벨의 것은 기뻐 받으셨다. 이에 화가 난 가인은 분을 삭이지 못하고 아벨을 죽임으로써 인류의 첫 살인자가 되었다. 여호와께서 가인의 제물을 받지 않은 것은 그가 선을 행하지 않았기 때문이다. 가인은 아벨을 죽인 죄로 인해 저주를 받는 형벌을 받았다. 이는 구약성경에 나오는 이야기지만 오늘날 가인과 같은 사람들이 있음으로 해서 세상은 날마다 죄가 횡행하고 있으며, 그로 인해 희생당하는 이들의 고통 소리가 끊이질 않는다.

악행을 일삼는 사람들은 그 죄를 짊어지고 세월 속으로 사라지고, 물질에 어두운 자들, 권력을 탐하는 자들 또한 그렇게 사라져 간다. 선한 사람들도 세월에 떠밀려 가고 만다. 그런데 문제는 악을 행하고 인륜을 저버린 이들은 영원히 죗값을 치러야 하고, 선을 행한 이들은 두고두고 찬사를 받는다는 사실이다.

한 번 왔다 가는 인생을 잘살고 싶다면 사람답게 살아야 한다. 그것은 탐욕을 멀리하고, 나보다 어려운 자들을 도와주고, 언제 어디서나 선을 행해야 한다. 선을 행하는 것이 '삶의 근본'이 되어야 하는 것이다.

세월은 우리를 기다려주지 않는다. 그 어느 누구도 세월을 이길 장사는 없다. 모두가 세월에겐 약자일 뿐이다. 그렇다면 어떻게 살아야 할지는 분명하다. 세월에 부끄럽지 않은 인생을 산다는 것, 이는 누구에게나 삶의 과제임을 명심해야 할 것이다.

세상에 영원한 것은 없다. 세월을 따라 모든 것은 흘러갈 뿐이다. 한 번뿐인 인생을 헛되이 하지 말아야 한다. 그것은 자신을 능멸하는 것과 같기 때문이다.

우리들이 인간의 가슴을 잃지 않는다면
이 세상은 얼마든지 밝은 세상이 될 수 있다.
그러나 우리가 그 가슴을 잃게 되면
아무리 많이 차지하고
산다 할지라도 세상은 암흑으로 전락하고 만다.

법정

- 인간의 가슴을 잃지 않는다면-

인간의 가슴을 잃지 말아야 한다

사화관계망서비스sns가 발달한 지금 인스타그램, 페이스북, 트위터 등 많은 사람들이 이를 적극 활용하고 있다. 각 개인마다 이를 통해 자신을 알리는 등 홍보에 이용하는가 하면 사회적 문제나 사안에 대해서는 댓글을 통해 자신의 의견을 적극적으로 제시하는 등 그야말로 정보의 극대화가 이뤄진 신세계와 같다고 하겠다.

그런데 문제는 사람과 직접 대면이 아닌 온라인을 통해 이루어지다 보니 일부 몰지각한 이들이 불특정다수인은 물론 특정인을 향해 행하는 온갖 악플로 인한 폐해가 심각한 사회적 현상으로 대두되었다.

뿐만 아니라 인간으로 해서는 안 될 파렴치한 일들로 연일 매스컴이 떠들썩하다. 이 모두는 인간의 가슴을 잃은 사람들이 행하는 무분별한 행위로 이는 반드시 바로잡아야 한다. 그렇지 않으면 아무리 경제적으로 풍요롭다고 해도 믿음과 질서는 깨지게 되고, 사회는 불안과 암흑에 휩싸이고 말 것이다.

이를 막기 위해서는 인간의 가슴을 잃지 않도록 해야 한다. 인간의 가슴을 잃지 않으려면 따뜻한 가슴을 품을 수 있도록 해야 한다. 그래서 서로를 배려하고, 위해주고, 도와주고, 격려하며 더불어 함께 살아가는 사회를 만들어야 한다. 그렇게 될 때 세상은 밝아지고 우리 모두는 행복한 삶을 영위하게 될 것이다.

인간의 가슴을 잃으면 세상은 암흑에 휩싸이게 된다. 그렇게 되면 행복도 평안함도 사라지고 만다. 밝은 세상, 행복한 세상을 만들기 위해서는 인간의 가슴을 잃지 말아야 한다.

첫 마음을 잊지 말고, 지켜나가야 한다

첫 마음, 첫 입학, 첫사랑 등 '처음'이라는 말엔 신선함과 설렘으로 가득하다. 그것은 처음이란 감정은 마치 소중한 비밀을 품고 있는 것과 같아, 호기심 어린 마음이 작동하기 때문이다. 그래서 처음 갖게 되는 느낌은 평생을 두고 잊혀지지 않는다. 그런 까닭에 첫 마음을 어떻게 갖느냐는 인생을 살아가는 데 있어 매우 중요하다.

학교에 입학하면서 갖게 되는 첫 마음을 잘 지켜 행하면 즐겁고 보람된 학창생활로 인해 좋은 결과를 얻게 된다. 결혼을 하고 갖게 되는 첫 마음을 잘 지켜 행하면 행복한 결혼생활로 충만한 인생을 살아가게 된다. 회사에 첫 입사를 하고 갖게 되는 첫 마음을 잘 지켜 행하면 활기찬 직장생활로 능력을 한껏 발휘하게 된다.

교육대학을 나와 교사로 첫 부임을 하며 갖게 되는 첫 마음대로 실천해 옮기면 보람 된 교직생활로 존경받는 교사가 될 수 있다.

그런데 문제는 시간이 지날수록 첫 마음을 잊는다는 데 있다. 이는 더 나은 인생을 살아가는 데 있어 훼방꾼과 같다. 그래서 처음 결심한 대로 살지 못하는 것이다.

인생을 잘 살아가기 위해서는 첫 마음을 잊지 말고, 그 마음을 가꾸면서 잘 지켜 행한다면 만족한 삶을 사는 데 큰 도움이 됨을 잊지 마라.

처음 갖게 되는 마음은 때 묻지 않은 '보석'과 같다. 그 마음을 잘 지키고 잘 가꾸면 보석 같은 삶을 살아가게 된다.

땅은 사람들에게 말할 수 없이 짓밟히고
허물리면서도 철따라 꽃을 피우고 열매를 맺어
사람들의 눈을 즐겁게 하고 먹을 것을 만들어내는가 싶으니
그 모성적인 대지에 엎드려 사죄를 하고 싶다.

법정

- 가을에는 차맛이 새롭다 -

생명의 원천인 땅에 예의와 도리를 다하라

공기와 물, 땅과 같은 자연은 사람들은 물론 동식물 모두에게 생명의 원천이며 모성과 같은 존재이다. 공기가 없으면 단 5분도 견디지 못하고, 물이 없으면 며칠을 견디기조차 힘들다.

땅은 나무와 꽃 등이 자라도록 생명의 터전이 되어주고 자양분을 공급해준다. 또한 곡식들이 자라게 하여 사람들에게 일용할 양식을 제공해준다. 어디 그뿐인가. 땅은 정직한 고집쟁이이다. 콩을 심으면 콩이 나고, 팥을 심으면 팥이 나고, 고구마를 심고 감자를 심으면 고구마와 감자를 내어준다. 한 치의 거짓이나 오차가 없다. 자애롭고 은혜롭기가 하해와 같고, 아버지와 어머니와 같다.

그런데 사람들은 기름 찌꺼기를 비롯한 산업폐기물 등 각종 쓰

레기로 땅을 오염시키고, 연신 땅을 파며 괴롭힘을 준다. 그래도 땅은 한 마디 불평도 없이 때가 되면 어김없이 꽃들을 피워 사람들을 즐겁게 하고, 갖가지 열매를 사람들에게 내어준다.

법정 스님은 이처럼 고마운 땅에 엎드려 사죄하고 싶다고 말한다. 이는 땅의 은혜를 아는 사람으로서 마땅히 취해야 할 마음자세이다.

그렇다. 땅은 조건 없이 우리에게 은혜를 베풀어준다. 이 고마운 땅이 오염되지 않도록 잘 보존하여 후세에 물려주어야 한다. 그것이 땅에 대한 우리의 예의이자 도리인 것이다.

땅은 인간을 비롯한 동식물들의 삶의 터전이자 생명의 원천이다. 이처럼 은혜로운 땅이 오염되지 않게 잘 보존하는 것이야말로, 땅에 대한 우리의 의무이자 예의이다.

> 스승은 아무 때나 마주치는 것이 아니다.
> 진지하게 찾을 때 그를 만난다.
> 그리고 맞아들일 준비가 되어 있는 사람 앞에
> 스승은 나타난다.
>
> 법정
>
> - 거리에 스승들-

스승을 맞아들이는 바람직한 자세

"스승은 영원한 영향을 준다."

미국의 역사학자이며 문필가이자 《헨리 애덤스의 교육》의 저자인 헨리 애덤스Henry Adams가 한 말로 스승이 제자에게 미치는 영향을 절대적인 의미로 나타냄을 이름이다. 애덤스의 말처럼 스승의 영향은 실로 막대하다. 제아무리 영특하다고 하나, 진리의 길로 이끌어 줄 스승이 없이는 저 홀로 잘되는 법은 없다. 스승의 가르침을 훌륭히 받은 사람들이 자신의 분야에서 뚜렷한 족적을 남긴 사실이 그것을 증명하고 있다.

서양철학의 대표적인 철학자 소크라테스Socrates는 플라톤Platon

에게 가르침을 주었으며, 플라톤은 아리스토텔레스Aristoteles에게 가르침을 주었다. 플라톤과 아리스토텔레스는 각자의 철학과 사상을 펼침으로써 서양 철학사에 큰 획을 그었다.

동양철학의 대표주자격인 공자孔子는 훌륭한 제자 칠십을 두었는데, 그중 안회顔回를 가장 아끼고 사랑했다. 그가 공자의 가르침을 가장 잘 받아들이고 잘 지켜 행하였기 때문이다.

조선시대 성종의 총애와 신뢰를 한 몸에 받았던 영남학파의 종조이자 사림파의 거두이며 성리학자인 점필재佔畢齋 김종직은 정여창, 김굉필, 홍유선, 김일손, 이승언, 권오복, 이원, 조광조, 이황, 이이 등 수많은 제자들을 배출했다. 조선 말기 다산茶山 정약용丁若鏞은 황상에게 가르침을 주어 그가 뛰어난 학문의 길을 가도록 이끌어 주었다.

훌륭한 인생을 살았던 사람들에게는 좋은 스승이 있음 알 수 있다. 좋은 스승을 만난다는 것은 하늘의 축복이다.

좋은 스승을 맞아들이기 위해서는 인격을 갖추고 행실을 바르게 해야 하며 매사에 열과 정성을 다해야 한다. 아무리 재능을 겸비했다 하더라도 제자로서의 예와 자세를 갖추지 못하면 제자로 삼는 것을 꺼려 한다. 왜냐하면 그런 사람은 꼭 스승을 욕되게 하기 때문이다.

이는 동서양을 막론하고 스승은 누구라 할지라도, 자신의 가르침을 잘 받아들이고 열심히 노력하는 제자를 아끼는 것은 인지상정이다.

이렇듯 스승은 제자에게 하늘과 같고 대지와 같은 존재다. 하늘이 태양을 비추게 하여 생명을 따뜻하게 품어주고 길러주듯, 또 대지가 온 생물들을 길러내듯, 스승은 무지하고 몽매한 자를 밝음의 빛으로 인도한다.

그런데 현실은 매우 안타깝고 허무하다. 스승에 대한 예의는 땅에 떨어지고, 스승의 품위 또한 예전만 못하다. 이렇게 된 데에는 물질만능에 따른 부작용도 있지만, 스승을 마음으로부터 존경하지 않기 때문이다. 이를 잘 알게 하는 이야기이다.

"나한테 기대어 책을 내고 싶어 하고 문단에 나오고 싶어 하는 사람들이 그 뜻이 어느 정도 이뤄지면 아주 싹 돌아서서 제 갈 길을 간다. 그 제 갈 길이란 것이 속된 말로 이름 팔고 돈에 관심 가지고 이름을 내고 하는 길이다.”

이는 아동문학가로서 평생을 우리말 바로 쓰기 운동에 헌신한 이오덕이 한 말로 스승에 대한 도가 땅에 떨어졌음을 잘 알게 한다.

스승을 자기 출세의 지렛대로 이용하려는 제자가 있다면 자신의 잘못된 생각을 반성하고 고쳐야 한다. 이런 사람은 좋은 스승을 모실 자격이 없다.

“스승은 영원한 영향을 준다”는 헨리 애덤스의 말처럼 좋은 스승을 모시기 위해서는 먼저 좋은 제자가 되어야 함을 명심하라. 그것은 곧 스스로를 복되게 하는 일이기 때문이다.

스승은 제자에게 무지를 일깨우게 하여 밝은 세계로 향하게 하는 '가르침의 빛'이며, '인생의 인도자'이다. 이처럼 좋은 스승을 맞아들이기 위해서는 좋은 제자가 될 준비를 해야 한다. 그것은 스승에 대한 예의이며 자신을 위한 길이기 때문이다.

> 중요한 것은
> 안락한 삶이 아니라
> 충만한 삶이다.
>
> 법정
>
> - 생각을 씨앗으로 묻으라-

안락한 삶보다는 충만한 삶을 살아라

사람들은 너 나 할 것 없이 풍요롭고 '안락한 삶'을 살기 바란다. 어떤 사람들은 안락한 삶을 위해 자신의 모든 것을 걸기도 한다. 안락한 삶은 물질이 바탕에 되어야 하기에 양심을 저버리는 일도 서슴지 않고, 편법을 쓰는 등 물불을 가리지 않고 돈 버는 일에 집착한다.

물론 안락한 삶을 싫어할 사람은 없다. 하지만 안락한 삶을 산다고 해도 행복하지 않다고 말하는 이들이 많다. 안락한 삶을 살기 위해서는 끊임없이 물질의 유혹에서 벗어날 수 없기 때문이다.

그러나 '충만한 삶'은 안락한 삶과는 근본적으로 다르다. 충만한 삶은 물질을 바탕으로 하는 것이 아니라 '행복'을 근본으로 하기 때문이다. 즉, 그것이 무엇이든 자신이 좋아하는 일을 통해 만족하고 행복을 추구하는 삶인 것이다. 가령 음악을 좋아하는 사람은 음악을 통해서 충만함을 느끼고, 글쓰기를 좋아하는 사람은 글쓰기를 통해서 충만함을 느끼고, 나눔과 봉사를 좋아하는 사람은 나눔과 봉사를 통해서 충만함을 느끼고, 기도와 명상을 좋아하는 사람은 기도와 명상을 통해서 충만함을 느낀다.

이렇듯 자신이 좋아서 하는 일은 안락함을 추구하지 않는다. 그러다 보니 적은 것과 작은 것에서도 얼마든지 자신을 '충만'하게 할 수 있는 것이다.

법정 스님이 말한 "중요한 것은 안락한 삶이 아니라 충만한 삶이다."라고 한 것은 바로 이를 두고 하는 말이다.

행복하고 만족한 삶을 원한다면 '충만한 삶'을 살아야 한다. 충만한 삶은 좋아하는 일을 통해 얻게 되는 '기쁨의 소산'이기 때문이다.

밤하늘에 별과 달이 없다면
얼마나 막막하고 아득할까.
우리 마음속에 저마다
은밀한 별을 지니고 있지 않다면
그 삶 또한 막막하고 황량할 것이다.

법정

- 별밤이야기 -

저마다 마음속에 자기만의 별을 품기

캄캄한 밤하늘에 무수히 떠 있는 '별'을 보고 있으면 동심의 세계에 사로잡히곤 한다. 생텍쥐페리의 《어린 왕자》가 순수함의 세계로 이끄는 것은 '별'과 '어린 왕자', '여우'와 같은 소재를 바탕으로 하여 인간의 원초적인 마음 즉 '동심'의 세계를 통해 깨달음을 준다는 데 있다.

'꿈', '사랑', '행복' 등을 말할 때 흔히 별이 비유되는 것은 별은 가장 순수함의 상징이기도 하기 때문이다. 그래서일까, 사람에게는 누구나 자신만의 별이 있다. 그 별은 각자에게 삶의 기쁨을 주는 대상이기도 하고, 의미이기도 하고, 꿈이기도 하다.

그런데 마음에서 별이 사라진 사람들을 종종 보게 된다. 마음은 완악하고 교만하며, 배려와 양보를 모르고, 부끄러운 일을 하고도 부끄러움도 모르고, 타인의 아픔에 조롱하고 비난을 하는가 하면, 사사건건 남의 일에 간섭하고 비판을 멈추지 않는다. 이는 별이 사라짐으로 해서 그 마음속에 '악한 마음'이 자리했기 때문이다. 자신의 별을 잃었다면 다시 마음속에 '별'을 품어야 한다. 별이 있는 마음은 삭막하지 않기 때문이다.

"잘 보려면 마음으로 보아야 해. 가장 중요한 것은 눈으로는 보이지 않거든."

이는 여우가 어린 왕자와 헤어질 때 어린 왕자에게 선물로 가르쳐 준 '비밀'에 대해 여우가 한 말이다. 그렇다. 여우의 말에서 보듯 가장 중요한 것은 눈에 보이지 않는다. 마음으로 보아야 보인다.

자신을 보다 더 가치 있고 행복하게 하고 싶다면, 삭막하지 않고 정서적으로 풍요롭고 싶다면, 자기만의 별을 마음에 품고 눈으로 볼 수 없는 것을 볼 수 있는 눈을 길러야 한다. 그렇게 될 때 자신이 원하는 것을 보게 됨으로써 자신을 보다 더 가치 있고 행복하게 할 수 있다.

자신만의 별을 품으라. 그 별이 마음속에 있는 한 삭막함을 잃지 않고, 볼 수 없는 것을 보게 됨으로써 자신을 가치 있게 할 수 있다.

> 침묵의 세계에
> 귀를 기울이고 있으면
> 존재의 뜻이 열린다.
>
> 법정
>
> - 낙엽은 뿌리로 돌아간다-

침묵하라, 존재의 뜻이 열릴 것이다

아침에 일어나 눈 뜨고 저녁에 눈 감을 때까지, 우리는 많은 말을 하고 들으며 살고 있다. 한마디로 말이 넘치는 시대에 살고 있다.

그런데 문제는 우리가 하는 말 중에는 쓸모 있는 말보다는 쓸데 없는 말이 더 많다는 것이다. 남을 비난하고 헐뜯고, 욕하고, 인격을 모독하고, 고통을 주는 말들, 그런 불필요한 말들이 날 파리처럼 사회를 떠돈다. 이처럼 쓸데없는 말에 오염된 사회는 연일 시끄럽다. 그리고 나아가 또 다른 쓸데없는 말들을 만들어낸다. 한 마디로 우리 사회는 언어의 공해가 심각하다. 이를 그냥 방치하면 쓰레기 같은 말에 우리 사회는 갈 곳을 잃을지도 모른다.

이런 시대에 '침묵'은 아주 중요하다. 고요한 시간, 혼자만의 침묵의 시간을 갖는다는 것은 불필요한 말을 줄임은 물론 자신의 존재를 들여다보게 되는 '마음의 눈뜸'의 시간이기 때문이다. 사람들과의 단절된 침묵의 세계는 보지 못하는 것을 보게 하고, 듣지 못하는 것을 듣게 하는 신비의 세계다. 침묵의 세계에 들어 자신을 살피는 마음의 눈을 갖게 되면, 그 어느 때라도 말로 인한 실수를 줄이고, 새로운 자신의 존재에 대해 알게 된다.

물론 이렇게 하기 위해서는 노력이 필요하다. 노력 없이는 그 어떤 것도 할 수 없듯, 자기만의 시간을 만들어 침묵의 세계에 들어야 한다.

그렇다. 침묵하라. 침묵에 익숙해져라. 침묵은 때론 '무언의 대화'이며 가장 '위대한 대화'이자, 자신의 존재를 깨치고 새롭게 알게 하는 '마음의 눈뜸'인 것이다.

침묵은 그 어떤 것보다 중요하다. 침묵은 그 어떤 문제도 일으키지 않는다. 침묵하는 사람에겐 적이 없다. 침묵은 자신의 존재를 알게 하는 '마음의 거울'이다.

> 삶은 말할 수 없는 엄청난 신비이다.
> 그 사람 자신이
> 스스로 찾아내야 할 신비이다.
>
> 법정
>
> - 입시에 낙방당한 부모들에게 -

신비를 간직한 삶, 스스로 삶의 신비를 찾으라

사람으로 살아간다는 것은 대단한 축복이 아닐 수 없다. 이 세상에 태어난 것 자체가 엄청난 축복이며, 많은 동물 중에서도 만물의 영장인 사람으로 태어남 또한 무한한 축복이다.

이처럼 축복받은 존재로서 삶을 무의미하게 산다거나 대충 산다거나 되는 대로 산다는 것은, 신성한 삶에 대한 모독이며 불충이다. 삶은 그냥 삶이 아니다. 축복받은 사람에게 삶은 그 자체가 '신비의 세계'이다. 어떻게 사느냐에 따라 삶은 그에게 많은 것을 보여주기도 하고 그가 원하는 것을 아낌없이 선물해준다.

그렇다면 문제는 간단하다. 신비로운 삶을 온전히 살아가기 위해서는 자신에게 주어진 능력을 최대한 계발하고 발휘해야 한다.

"그대는 그대가 가진 노래를 불러라. 그대의 노래는 그대의 생명이다. 내일 구하지 말고 오늘 그대에게 주어진 때를 맘껏 노래하라. 밤하늘에는 별이 찬란하고, 나뭇가지에서는 새가 노래를 부르고 있질 않은가. 노래하라. 그대의 영혼이 가르치는 그대의 노래를 불러라."

이는 독일의 소설가이자 노벨 문학상 수상자인 헤르만 헤세Hermann Hesse가 한 말로 각자에게 주어진 노래를 부른다는 것, 내일 부르지 말고 오늘 불러야 된다는 것, 영혼이 가르치는 대로 자신의 노래를 불러야 함을 말하는데, 이는 곧 자신에게 주어진 능력으로 신비로운 자신의 삶을 살아야 한다는 말이다.

그렇다. 이처럼만 살 수 있다면 무엇을 하든 신비로운 자신만의 삶을 살아가게 될 것이다.

삶은 신비로운 동굴과 같다. 탐험가가 동굴을 탐험하듯 자신에게 주어진 능력을 다해 자신의 삶을 만들어 가야 한다.

> 투명하고 맑고 평온한 그 마음이
> 사리를 분별하게 하고,
> 바른 것과 그릇된 것을 가려볼 수 있게 한다.
>
> 법정
>
> - 한국인의 맹렬성 -

항상 마음을 맑고 평온하게 하기

올바르게 인생을 사는 사람과 그릇되게 인생을 사는 사람에겐 분명한 차이점이 있다. 인생을 올바르게 사는 사람은 마음이 반듯하고 원칙을 지키며 남에게 피해 주는 일을 하거나 법을 어기지 않는다. 마음이 투명하고 맑고 평온하기 때문이다. 이런 마음은 사리를 분별하게 하고 옳고 그름을 가릴 줄 알게 하는 힘이 있다.

그러나 그릇된 인생을 사는 사람은 마음이 거칠고 원칙을 지키지 않으며 남에게 피해 주는 일을 아무렇지도 않게 생각하고 법을 어기는 것을 두려워하지 않는다. 마음이 탁하고 불안정하기 때문이다. 이런 마음은 사리를 분별하지 못하고 옳고 그름을 가리지 못한다.

사리를 분별하고 옳고 그름을 가릴 줄 알게 하는 힘을 기르기 위해서는 첫째, 날마다 자신을 돌아보는 시간을 통해 잘잘못에 대해 생각하고 잘한 것은 더 잘하게 잘못한 것은 반성을 통해 개선해야 한다. 둘째, 독서를 통해 마음의 근육을 키워 사리분별력을 길러야 한다. 셋째, 문학과 예술 등 문화생활을 통해 정서를 함양해야 한다. 넷째, 주기적인 봉사활동을 통해 배려하는 마음을 길러야 한다.

마음을 투명하고 맑고 평온하게 하는 것, 그것은 자신을 정글과 같은 시대에서 법과 원칙을 지키며 사람답게 살아가게 하는 최선의 비결이다.

마음이 맑고 투명하면 매사를 옳고 바르게 살아간다. 또한 원칙을 중요시하여 법을 어기는 일이 없다.

> 무엇이건 자꾸만 채우려고 할 뿐
> 비울 줄을 모른다.
> 그렇기 때문에
> 항상 갈증의 상태를 면하기 어렵다.
>
> 법정
>
> - 소유의 굴레-

채우려고 하지 말고 비우기

소유욕이 강한 사람은 무엇이든 채우려고만 한다. 그러다 보니 남보다 자신이 더 많이 소유해야 한다는 생각에 사로잡혀 있다. 그런데 문제는 지나친 소유욕은 더 많은 것을 갖기 위한 갈증에 시달리게 한다는 데 있다. 소유에 대한 갈증은 인간성을 상실하게 하여 어려운 처지의 사람을 봐도 도울 줄을 모르고, 도움을 요청하는 사람을 경멸한다. 한마디로 말해 썩은 고기에 집착하여 이리저리 찾아다니는 하이에나와도 같이 언제나 채우기 위해 눈에 불을 켠다.

그러나 필요한 것만 소유하는 사람은 자신이 필요한 것 외엔 관심을 두지 않는다. 더 많은 것을 갖기 위해 아웅다웅하는 것을 수

치스럽게 여긴다. 그러다 보니 남을 위해 배려하는 마음이 뛰어나고 나눔과 봉사에도 적극적이다. 소유에 대한 집착이 없다 보니 소유로 인한 갈증은 물론 인간성을 잃는 일이 없다. 한마디로 말해 사람답게 살아가는 것을 삶의 기쁨으로 여긴다.

불견가욕사심불란不見可欲使心不亂, 이는 노자의 《도덕경道德經》3장에 나오는 말로 '마음을 어지럽히는 것은 욕심 때문이다. 욕심 나는 것을 보지 않으면 마음이 평정해진다.'는 뜻이다.

그렇다. 채우려고만 하면 삶의 갈증이 일고 욕심으로 인해 스스로를 괴롭히게 된다. 소유로부터 자유로워지는 것, 그것이야말로 진정으로 자신을 사랑하는 일이다.

인간의 마음속엔 탐욕의 주머니가 있어, 자꾸만 채우려고 한다. 채우려고만 하면 삶의 행복을 알지 못한다. 욕심을 내려놓을 때 행복은 그만큼 커지는 법이다.

살아있는 삶의 얼굴, 미소微笑

　미소 짓는 얼굴은 친근감을 주고 온화한 느낌을 갖게 한다. 그래서일까, 미소를 잘 짓는 사람은 거부감이 없고, 그와 가까이해도 좋겠다는 생각을 갖게 한다. 이를 증명이라도 하듯 미소를 잘 짓고 상대를 잘 웃게 하는 사람은 인간관계가 좋고 상대에게 좋은 평가를 받는다.

　에이브러햄 링컨Abraham Lincoln은 미소의 중요성에 대해 다음과 같이 말했다.

　"나를 좋아하거나 존경하는 사람들의 공통된 특징을 나는 전혀 가늠할 수 없다. 하지만 내가 좋아하고 애정을 가지는 사람들의 공통된 특징은 그들 모두가 나를 웃게 만든다는 것이다. 나에게 밤낮으로 무서운 긴장이 생겼기 때문에 만일 내가 웃지 않았다면 나는 이미 죽은 지가 오래되었을 것이다."

링컨의 말을 보면 미소가 인간관계를 좋게 한다는 것과 건강을 좋게 한다는 것을 알 수 있다.

왜 그럴까. 미소 짓는 얼굴엔 따뜻한 에너지가 느껴진다. 살아있음의 따뜻함, 생동감 넘치는 생명력이 미소 속에 가득 넘쳐나기 때문이다.

그러나 미소 짓지 않는 얼굴은 차갑게 느껴지고 가까이 다가가기가 꺼려진다. 미소를 잃은 얼굴엔 생동감이 없다. 마치 생명이 없는 인형처럼 느껴진다. 사람들과 좋은 관계를 맺고 싶다면 미소 지어라. 미소 짓는 얼굴은 누구에게나 환영받는 살아있는 얼굴, 생명력이 넘치는 얼굴이다.

미소의 가치는 돈으로 살 수 없고, 보석으로도 대신할 수 없다. 미소 띤 얼굴이야말로 누구나 좋아하는 살아있는 얼굴이자 기쁨의 얼굴이다.

똑같은 조건 아래 살면서도
삶의 의미를 찾아낸 사람과
찾아내지 못한 사람은
그 삶의 질이 다를 수밖에 없다.

법정

- 가을 하늘 아래서-

삶의 질을 높이려면 삶의 의미를 찾아라

사람들은 흔히들 삶의 질이 높고 낮음에 대한 기준을 '물질'에 둔다. 물질이 풍요로운 사람은 좋은 집에서 살 수 있고, 좋은 차를 살 수 있고, 보석을 비롯해 갖고 싶은 것도 살 수 있고, 어디든지 여행도 갈 수 있고, 물질만 있으면 무엇이든 할 수 있다고 여겨 삶의 질이 높다고 생각한다.

그리고 물질이 빈곤한 사람은 하고 싶은 것, 사고 싶은 것, 먹고 싶은 것, 가고 싶은 여행을 비롯해 할 수 없는 것들이 많다 보니 삶의 질이 낮다고 생각한다. 물론 그렇게 생각할 수도 있다. 하지만 이는 대단히 잘못된 생각이다. 주체할 수 없을 만큼 많이 가졌어도 행복하지 않다고 말하는 이들이 많다. 오히려 가진 것 때문에 불행하다고 말한다. 가진 것이 많으면 눈독 들이는 사람들이 많기 때문이다.

이에 반해 가진 것이 없어도 자신을 행복하다고 말하는 이들이 있다. 이런 사람들은 자신이 좋아하는 일을 한다거나, 누군가를 돕는다거나 하는 등 '의미' 있는 일에 자신의 열정을 쏟는다.

잘사는 나라보다 최빈민국인 네팔, 부탄 국민이 행복지수가 높은 걸 봐도 삶의 질은 물질에 있지 않다는 것을 알 수 있다. 그렇다. 삶의 질은 '행복'에 있고, 삶의 질을 높이기 위해서는 의미 있는 일을 즐겁게 하면 된다.

삶의 질을 물질에서 찾으려고 하지 마라. 오히려 물질은 화火를 불러온다. 삶의 질을 높이고 싶다면 '가치' 있는 일을 하라.

> 어떤 계층 어떤 경우라도
> 우리는 사람답게 처신하면서
> 자신들의 뜻을 펼칠 수 있어야 한다.
>
> 법정
>
> - 비 오는 날에-

자신의 뜻을 펼치려면 사람답게 처신하라

요즘 우리 사회는 배움이 긴 사람이든 배움이 짧은 사람이든 사람답지 못한 말과 행동을 하는 이들로 인해 불편하기가 도를 넘을 지경이다. 자신의 유익을 위해 법을 어기는가 하면, 무고한 사람을 곤경에 빠트리고, 없는 죄도 만들어 뒤집어씌우기도 한다. 정의는 땅에 떨어지고 도道는 거리를 나뒹구는 깡통처럼 하찮게 여기고, 도무지 사람이 해서는 안 될 일을 아무렇지도 않게 행한다. 그러고도 부끄러움이나 죄의식을 느끼지 않는다.

이런 자들은 사람의 형상을 한 사람일 뿐, 사람다운 사람과는 거리가 멀다. 그렇다. 사람의 형상을 했다고 해서 다 사람다운 사람은 아니다. 사람답게 처신해야 사람다운 사람인 것이다. 사람답게 처신하려면 부정한 말과 행동을 금하고, 자신을 바르게 하는 데 열과 성의를 다해야 한다. 이에 대해 맹자孟子는 이렇게 말했다.

"자기의 길을 굽혀서 부정을 하고 있는 자가 다른 사람의 부정을 고쳐준 예는 아직도 없다. 먼저 자기 자신을 바르게 하지 않으면 안 되는 것이다."

옳은 말이다. 자신을 바르게 하는 사람이야말로 사람다운 사람이고, 이런 사람은 부정함이 없어 자신의 뜻을 펼치는 데 거리낌이 없다. 그리고 그 결과 또한 부정함이 없다.

사람답게 행동하면 자신에게도 그 누구에게도 부끄러움이 없다. 이런 사람은 자신의 뜻을 펼치기에 조금도 부정함이 없어 무슨 일을 해도 떳떳하다.

아름다움은 이 세상의 신비이다

영국의 선교사이자 탐험가인 데이비드 리빙스턴David Livingstone 은 아프리카로 선교여행을 떠났다, 빅토리아 폭포를 발견했다. 그는 지금껏 보지 못한 엄청난 규모의 폭포를 보고 '아름답다'는 감탄사를 연신 쏟아냈다. 그가 본 빅토리아 폭포는 나이아가라 폭포, 이과수 폭포와 함께 세계 3대 폭포 중 하나로 150미터 높이에서 떨어지는 물소리는 천둥소리 같고, 물보라는 오로라 빛을 띤 아름다움과 신비로움 그 자체였다고 하니 그 얼마나 위대한 아름다움인가.

법정 스님은 '아름다움은 이 세상의 신비다'라고 했다. 이 말은 아름다움은 신비를 품고 있다는 말과도 같다. 사람이 아름다운 것을 좋아하고 원하는 것은 아름다움은 지루하지 않고 보면 볼수록 아름다운 마음을 갖게 하기 때문이다. 또한 아름다움은 신비스러움을 사람의 마음에 심어주는 까닭이다.

나는 이에 전적으로 동의한다. 오래전 남한 강가에서 노을 지는 멋진 모습을 보고 크게 감탄한 적이 있는데, 그때 나는 세상이 참 아름답다는 것을 깊이 느낄 수 있었다. 그 모습은 내 기억속에 뚜렷이 남아 그때 생각만으로도 내 마음을 아름답게 물들인다.

아름다운 마음을 갖고 싶다면 아름다운 것을 많이 보라. 이 세상엔 봐도 봐도 끝이 없는 아름다운 것들이 있다. 그래서 아름다움을 가슴에 품으라. 아름다움을 품은 가슴은 신비로움을 품은 것과 같아 언제나 따뜻한 가슴으로 살아가게 된다.

세상은 아름다움을 품은 '자연갤러리'이다. 그 아름다움은 신비롭기까지 하니, 아름다운 마음을 갖고 싶다면 아름다운 것들을 많이 보라.

빛과 생기가 없는 삶은
그 자체가 이미 병든 삶이나 다름없다.
우리들의 질병은
바로 빛과 생기의 결여에서 온 것이다.

법정

- 단순하고 간소한 맛 -

빛과 생기가 넘치는 자신이 돼라

몸과 마음이 건강한 사람의 얼굴에는 광채가 난다. 생기가 넘치고 활력이 넘친다. 건강한 에너지가 몸과 마음을 온전히 감싸고 있기 때문이다. 그래서 몸과 마음이 건강한 사람은 주변 사람들에게 좋은 이미지를 심어주고, 사람들은 그와 가까이 지내는 것을 좋아한다.

그러나 몸과 마음이 건강하지 못하면 얼굴은 푸석거리고 생기가 없으며, 마음 또한 여유가 없어 작은 일에도 짜증을 잘 부린다. 그래서 몸과 마음이 건강하지 못한 사람은 나쁜 이미지를 줌으로써 사람들이 그와 어울리는 것을 꺼린다.

몸과 마음이 건강하려면 자신에게 잘 맞는 운동을 꾸준히 하고,

독서와 취미활동을 통해 마음을 건전하고 유쾌하게 해야 한다. 그리고 할 수만 있다면 사람들과 어울려 봉사활동을 함으로써 보람되게 하는 게 좋다. 그러는 가운데 건강한 에너지가 발생하게 되고 질병도 이런 사람에게는 겁을 먹고 다가오지 못하기 때문이다.

몸과 마음이 건강하지 못하다면 낙담하지 말고 몸과 마음을 건강하게 하는 데 열중하라. 몸과 마음을 건강하게 함으로써 생기 있고 활력 있게 사는 것이야말로 자신을 위한, 자신이 주는 최고의 선물이다.

몸과 마음이 건강하지 못하면 질병에 걸릴 확률이 높다. 질병은 이런 사람을 가만히 놔두지 않는다. 몸과 마음을 건강하게 하는 것이야말로 최고의 행복이다.

> 당당하게 살려는 사람만이
> 자기 몫의 삶에 책임을 진다.
>
> 법정
>
> - 인생을 낭비한 죄-

자기 몫의 삶을 책임지는 당당한 내가 되기

자신에게 당당한 사람은 자신이 무엇을 하든 개의치 않는다. 자신이 하는 일에 긍지와 자부심을 갖기 때문이다. 남들이 보기에 하찮게 보여도 자신이 좋으면 그만인 것이다. 설령, 실패를 해도 부끄럽게 여기거나 의기소침해 하지 않는다. 다시 하거나 다른 일을 하면 된다고 아무렇지 않게 생각한다. 자기에게 주어진 몫에 대한 책임감이 강한 까닭이다.

그런데 자신에게 당당하지 못한 사람은 남의 눈치를 보고 자신이 하는 일에 자긍심이 부족하다. 이는 자신하는 일에 자신감이 결여되었기 때문이다. 그래서 이런 부류의 사람은 무엇을 하든 주저하게 되고, 실패할 확률이 많다. 자기 몫에 대한 책임감이 약한 까닭이다.

자신이 하는 일을 당당하게 해내기 위해서는 자신감을 길러야 하고, 자신에게 주어진 삶의 몫에 대한 책임감과 신념이 강해야 한다. 이에 대해 독일의 대문호 괴테Goethe는 이렇게 말했다.

"자기가 하는 일에 신념을 갖지 않으면 안 된다. 그리고 누구나 자기가 하는 일이 좋다고 믿으면 힘이 생기는 법이다."

옳은 말이다. 자기가 좋아서 하는 일이라면, 그래서 자기 몫의 삶을 책임지고 싶다면 그것이 무엇이든 당당하게 하라. 자신이 좋아서는 하는 일엔 긍지와 자부심을 가져도 좋다.

자기 몫의 삶을 책임지기 위해서는 그 누구의 눈치도 보지 말고 당당하게 하라. 그것은 곧 자신을 위하는 일이자 사랑하는 일이다.

진정한 창조는 기쁨과 순수가 따라야 한다

마지못해 억지로 하는 일, 누군가로부터 등 떠밀려서 하는 일, 될 대로 돼라고 하는 일 등은 기쁨이 따르지 않는다. 그 일은 고통이며 좋아서 하는 순수함이 없기 때문이다. 이를 좀 더 부연해서 말하면 이런 일은 아이디어가 떠오르지 않고 창의성이 없다. 그러니 창조를 바란다는 것은 화중지병畵中之餠과 같다.

단적으로 말해 기쁨이 따르지 않는 일은 안 하는 게 좋다. 그 일이 모두들 부러워하거나 소망하는 일이라 할지라도 절대 하지 마라. 그런 일은 해봐야 진정한 기쁨도, 의미도, 가치도 없다.

법정 스님의 말처럼 기쁨과 순수가 따르는 일을 해야 한다. 그랬을 때 진정한 창조가 이루어짐으로써 자신을 만족하게 하고 행복할 수 있다. 일하는 기쁨에 대해 토머스 에디슨Thomas Edison은 이렇게 말했다.

"나는 평생 하루도 일을 하지 않았다. 그것은 모두 재미있는 놀이였다."

에디슨이 천 가지가 넘는 발명을 함으로써 인류에게 문명의 편리함을 안겨준 원동력은 일을 놀이처럼 즐겁게 했기 때문이다.

그렇다. 즐겁게 일하는 가운데 좋은 생각이 떠오르고, 그것은 '창조'라는 결과물을 낳게 하는 것이다.

자신이 하고 싶은 일은 힘들어도, 돈이 되지 않아도 즐거움을 준다. 하고 싶은 일은 그 자체가 '꿈'이다.

5부

스스로를 살펴
그대만의 길을 가라

주관이 뚜렷한 사람은 남의 말을 새겨 듣되 그 말에 현혹되지 않는다.
주관이라는 것은 스스로를 살펴 자신의 길을 가게 하는 '마음의 뿌리'이기 때문이다.

> 물질적인 풍요 속에서는 사람이 타락하기 쉽다.
> 그러나 맑은 가난은 우리에게
> 마음의 평안을 가져다주고
> 올바른 정신을 지니게 한다.
>
> 법정
>
> - 행복의 비결 -

올바른 정신을 지니게 하라

구약성경 〈창세기〉에 '소돔과 고모라'에 대한 이야기가 나온다. 당시 소돔과 고모라는 물이 풍부하고 땅이 비옥하여 부유함이 넘쳤다. 그런데 부유함으로 인해 소돔과 고모라 사람들은 교만하고 사악해질 대로 사악해졌으며, 술에 빠져 문란한 생활을 일삼았다. 도덕적으로 부패하고 타락함으로써 하나님의 분노를 사게 되었고, 유황불에 의해 멸망되었다.

천년이 넘는 역사를 가진 '로마제국' 또한 부유함이 넘쳤다. 발견된 유물이나 유적지를 보면 당시의 로마가 얼마나 발달하고 번성했는지 잘 알 수 있다. 하지만 로마 역시 타락할 대로 타락하고 음란함이 하늘을 찌를 만큼 부패함으로써 멸망하고 말았다.

지금도 그렇지만 부유함은 사람들의 욕망을 자극하여 부유함을 쫓게 한다. 그런데 문제는 부유함의 욕망은 사람들의 이성을 흐리게 하고 사악하게 만든다는 것이다. 이는 마음이 부패됨으로써 생긴 결과이다. 그렇다. 마음이 맑고 가난하지 않으면 교만하고 도덕적으로 타락하기 쉽고, 죄악을 일삼아도 죄인 줄도 모른다. 그러나 마음이 맑고 가난하면 도덕적으로 건강하고, 죄가 되는 일은 삼가게 됨으로써 마음의 평안을 얻게 되고 올바른 정신으로 살아가게 된다.

마음을 맑고 가난하게 하는 것, 그것은 자신을 죄로부터 해방시키고 평안한 삶으로 이끄는 '삶의 비책'이다.

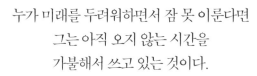

누가 미래를 두려워하면서 잠 못 이룬다면
그는 아직 오지 않는 시간을
가불해서 쓰고 있는 것이다.

법정

- 자기 자신답게 살자-

잠 못 이루며 미래를 두려워하지 말라

사람은 누구나 미래에 대한 막연한 희망과 두려움을 갖고 있다. 다만 그 정도의 차이가 있을 뿐이다. 그런데 중요한 것은 미래에 희망을 갖느냐 두려움을 갖느냐이다. 희망을 갖는다는 것은 그것이 무엇이든 긍정적으로 작용하기 때문이며, 두려움을 갖는다는 것은 부정적으로 작용하기 때문이다.

미래에 대한 희망을 갖기 위해서는 자신을 끊임없이 계발해야 한다. 독서를 통해 마음의 근육과 생각의 근육을 키우고, 자신이 좋아하는 일에 대해 공부하고, 정보와 전략을 위해 부지런히 탐구해야 한다. 자신의 미래를 철저하게 준비하는 것, 그것은 미래를 희망으로 만드는 일이다. 이에 대해 컴퓨터 과학자인 앨런 케이Alan Kay는 이렇게 말했다.

"미래를 예측하는 가장 좋은 방법은 미래를 만들어내는 것이다."

그렇다. 자신의 미래를 예측하고 만드는 최선의 방법은 곧 자신의 미래를 철저히 준비하는 것이다.

두려움은 할 수 있음에도 주저하게 하고 자신감을 잃게 한다. 아직 오지 않는 미래의 두려움으로 잠 못 이루지 마라. 그것은 자신의 미래를 갉아 먹는 시간 벌레일 뿐이다.

미래는 누구에게나 소중한 내일이다. 그런데 미래를 두려워하고 잠 못 이룬다면 그것은 자신을 퇴보시키는 어리석은 일일 뿐이다.

> 우리들은 말을 안 해서
> 후회하는 일보다도
> 말을 해버렸기 때문에
> 후회하는 일이 얼마나 많은가.
>
> 법정
>
> - 말이 적은 사람-

말로 인해 후회하지 않기

말 한마디의 실수가 미치는 영향은 실로 크다. 그런데 사람들은 이를 너무 가볍게 생각한다. '말하다 보면 그럴 수도 있지 뭐' 하는 생각으로 말실수를 가볍게 여긴다.

지위나 학식이 아무리 높아도, 무소불위의 권력을 가졌어도 말을 잘못하게 되면 이미지가 깎이고 만다. 반대로 말에 교양이 넘치면 품격이 배어 나온다. 이처럼 말에는 그 사람의 인품이 담겨 있다. 말이 곧 그 사람인 것이다.

베를린 영화제, 베니스 영화제와 더불어 세계 3대 영화제로 꼽히는 칸 영화제에 덴마크의 라스 폰 트리에 감독이 초청받았다. 그는 영화 〈어둠 속의 댄서〉로 황금종려상을 받은 세계 영화계의 거장이다. 그런 그가 한 매체와의 인터뷰에서 다음과 같은 발언을 한 적이 있다.

"저는 가끔 유대인이 될 걸 하고 생각합니다. 하지만 그럴 때마다 제가 나치라는 사실을 알게 됩니다. 저는 히틀러를 이해하고 조금은 공감합니다."

당시 그의 인터뷰 기사는 순식간에 세계로 퍼져 나갔고, 칸 영화제 집행부는 인종 차별 발언으로 물의를 일으킨 그가 모든 행사에 참여할 수 없도록 입장 금지령을 내렸다. 또한 기피 인물로 지목하는 중징계도 내렸다. 그는 독일계 덴마크인이었다.

그는 집행부의 중징계에 대해 다음과 같이 해명했다.

"저는 나치가 아니고 반유대주의자는 더더욱 아닙니다. 그때는 단지 기자에게 농담을 한 것뿐입니다."

"아니, 농담할 게 따로 있지 어떻게 인종 차별 발언을 농담으로 할 수 있습니까? 그 어떤 말로도 이는 받아들일 수 없습니다."

집행부에서는 이렇게 말하며 그를 질책했고 해명은 받아들여지지 않았다. 결국, 그의 명성은 한순간에 와르르 무너지고 말았다.

이처럼 잘못된 말 한마디는 평생을 쌓아 올린 공든 탑을 무너뜨린다. 말을 할 땐 한 번 더 생각해보고 하라. 이 말을 했을 때 어떤 상황이 벌어질지를. 이를 늘 염두에 두고 말을 한다면 말로 인해 실수를 줄임으로써 후회하는 일로부터 자유로울 수 있게 될 것이다.

말실수로 인한 설화가 그 어느 때보다도 횡행하는 시대다. 말 한마디가 그 사람을 높이 일으켜 세우기도 하고, 끝도 없이 추락시킨다. 항상 말을 조심하라.

> 흥이란 즐겁고 좋아서 저절로 일어나는 감정이다.
> 그렇기 때문에 흥은 합리적이고
> 이해타산적인 득실이 아니다.
> 그때 그곳에서 문득
> 일어나는 순수한 감정이 소중할 따름이다.
>
> 법정
>
> - 등잔에 기름을 채우고 -

흥겹게 살아갈 때 순수한 감정이 일어난다

즐거운 마음으로 살아가는 사람들을 보면 '흥'이 넘치고 어린아이 같은 '순수한 동심'을 지녔다. 어린이와 같은 마음은 작은 일에도 행복하게 하고, 거짓 없이 순수한 마음으로 즐겁게 살아가게 하기 때문이다.

어떤 실버 연주단이 있다. 연주단 단원들의 평균나이는 67세라고 한다. 트럼펫을 부는 사람, 기타를 치는 사람, 트롬본을 부는 사람, 큰북을 치는 사람, 작은북을 치는 사람, 바이올린을 켜는 사람 등 다양한 악기를 연주하는 사람들로 구성된 연주단이다.

이 일을 처음 생각한 지휘자가 자신의 뜻을 알렸을 때 소문을 든고 여기저기서 모여든 사람들로 구성된 연주단이다. 이들에게는 공통점이 있었는데 하나같이 기회만 주어지면 이 일을 해 보고 싶어 했다는 것이다. 그런데 자신이 해보고 싶은 일이 눈앞에서 펼쳐지자 넘쳐나는 흥과 기쁨으로 마냥 행복해했던 것이다.

이들은 시내 문화의 거리에서 정기적으로 연주를 했으며, 보육원과 양로원을 방문하여 연주를 하고, 지역축제 때에도 시민들에게 멋진 음악을 선물했다. 이들의 연주활동은 여기저기 널리 알려졌다. 그러다 보니 여기저기서 그들을 초청했고 그들은 무대가 있는 곳이라면 그 어디든 찾아갔다. 그들이 연주할 때마다 사람들은 열렬하게 박수를 쳐주었다.

전문 오케스트라에 비해 연주 수준은 확연히 떨어지지만 흥겹게 최선을 다하는 모습에는 어린아이와 같은 순수함과 기쁨이 넘쳤다.

이처럼 즐겁게 하는 일은 합리적이고 이해타산적인 득실을 따지는 일이 아니기에, 흥이 넘치고 순수함이 넘친다. 자신을 즐겁게 해야 하는 이유에 대해 독일의 시인이자 철학자인 프리드리히 니체Friedrich Nietzsche는 다음과 같이 말했다.

"즐겁지 않은 것은 바람직하지 않다. 힘겨운 일에서 일단 고개를 돌려서라도 지금을 제대로 즐겨야 한다. 가정 내에 즐겁지 않은 사람이 단 한 사람만 있어도 모든 이가 우울해지고, 가정은 묵직한 어둠이 드리워진 불쾌한 곳이 되어버린다. 그룹이나 조직도 마찬가지다. 가능한 한 행복하게 살아라. 그러기 위해서는 현재를 즐겨라. 마음껏 웃고, 이 순간을 온몸으로 즐겨라."

그렇다. 니체의 말처럼 지금을 제대로 흥겹게 즐기며 살아야 한다. 그랬을 때 순수한 감정에서 일어나는 기쁨으로 행복한 나로 살아가게 되는 것이다.

마음이 흥겨우면 삶이 즐겁다. 삶이 즐거우면 순수한 감정이 일어나 행복한 어린이처럼 매사를 기쁨으로 살게 된다.

> 한눈팔지 말고, 딴 생각하지 말고,
> 남의 말에 속지 말고, 스스로 살펴라.
> 이와 같이 하는 내 말에도 얽매이지 말고
> 그대의 길을 가라.
>
> 법정
>
> - 지금 이 순간-

스스로를 살펴 그대만의 길을 가라

주관이 뚜렷한 사람은 남의 말을 새겨듣되 그 말에 현혹되지 않는다. 스스로 판단해서 자신이 그 말대로 해도 좋겠다는 생각이 들면 실행에 옮긴다. 또한 쓸데없는 일에 한눈파는 법이 없고, 딴생각을 하거나 남의 말에 잘 속지 않는다.

하지만 주관이 약한 사람은 남의 말에 현혹되기 쉽고, 부화뇌동附和雷同하기 쉽다. 그러다 보니 무슨 일에 있어서든 스스로 판단하고 결정하는 데 있어 취약하다. 그런 까닭에 누군가에게 의지하려는 마음이 크다. 이런 정신자세로는 그 무슨 일을 한다고 해도 만족스러운 결과를 이뤄낼 수 없다.

자신이 만족한 삶을 살아가고 싶다면 스스로를 살펴 판단하고 결정하는 힘을 길러야 한다.

왜 그럴까. 주관은 단단한 나무뿌리와 같아 나무가 비바람에 쉽게 쓰러지지 않듯, 자신을 단단하게 잡아주기 때문이다. 지금 이 순간 자신을 한번 진지하게 살펴보라. 나는 주관이 뚜렷한 사람인지를. 주관이 뚜렷하면 다행스러운 일이나 그렇지 않다면 마음공부를 통해 주관을 길러야 한다. 주관은 스스로를 살펴 자신의 길을 가게 하는 '마음의 뿌리'이다.

자기만의 길을 가고 싶다면, 주관이 뚜렷해야 한다. 주관은 단단한 나무뿌리와 같아 어떤 상황에서도 자신을 단단하게 잡아주는 '마음의 뿌리'이다.

삶의 가치가 결정되는 기준은 무엇인가

　가치 있는 삶은 그 사람의 '인생의 훈장'과 같다. 가치 있는 삶을 산다는 것은 자신에겐 매우 은혜롭고 감사한 일이기 때문이다.

　그렇다면 가치 있는 삶을 살기 위해서는 어떻게 해야 할까. 첫째, 자신이 하는 일이 자신은 물론 다른 사람들에게도 유익이 되게 하라. 둘째, 무슨 일을 하더라도 지위나 돈을 바라지 말고, 기쁨과 보람을 주는 일에 열정을 다하라. 셋째, 누군가가 도움을 요청하면 내 힘이 닿는 선에서 도움을 주어라. 넷째, 그 일이 아무리 선망의 대상이 된다고 해도 내 능력에 맞지 않으면 하지 말고, 눈높이를 낮춰 내 능력에 맞는 일을 즐겁게 하라. 다섯째, 자신이 가진 재능을 가끔은 재능을 필요로 하는 사람들을 위해 사용하라. 여섯째, 부정함은 멀리하고 의義와 정正을 위하는 일엔 힘을 아끼지 마라.

이렇듯 가치 있는 삶은 부와 지위와 권세와 명예에 있는 것이 아니라, 그것이 무엇이든 자신이 하는 일이 다른 사람들과 사회에 유익이 되고 보람이 되는 일인 것이다.

가치 있는 인생이 되고 싶은가. 그렇다면 가치 있는 삶을 사는 멋진 자신이 되어야겠다.

자신만을 위한 삶은 그것이 아무리 빛나는 일이라도 자신의 삶일 뿐이다. 그러나 다른 사람들과 사회에 유익이 된다면 그것은 엄청난 가치를 지니게 된다.

> 우주 자체가 하나의 마음이다.
> 마음이 열리면 사람과
> 세상과의 진정한 만남이 이루어진다.
>
> 법정
>
> - 인연과 만남 -

진정한 만남을 이루는 아름다운 비법

사람은 살아가는 동안 수많은 만남을 갖는다. 스승과의 만남, 친구와의 만남, 연인과의 만남, 직장 동료와의 만남, 군대 동기와의 만남 등 온갖 사람들과의 만남이 이루어진다. 자신이 원하는 만남이든 우연한 만남이든 만남 없는 인생은 어디에도 없다.

만남에 있어 분명히 해야 할 것은 좋은 만남을 이루기 위해서는 '진정성'을 지녀야 한다는 점이다. 진정성은 상대로 하여금 이 사람은 믿어도 좋다는 마음을 갖게 만드는 진실한 마음이기 때문이다.

진정성 있는 만남을 갖기 위해서는 거짓이 없어야 하고, 사리사욕과 이기심을 버려야 하고, 배려하는 마음과 상대를 존중하는 마음을 가져야 한다. 그래서 만남 자체가 생애의 기쁨이 되게 해야 한다.

왜 그럴까. 그렇게 하지 않으면 사람이든, 세상이든 진정한 만남은 이뤄지지 않기 때문이다.

자신이 진정한 만남을 이루고 행복하게 살고 싶다면, 마음을 열고 거짓 없음과 진정성을 품고 있음을 보여주어라. 그렇게 될 때 상대 또한 진정성을 갖고 자신을 대하게 되기 때문이다.

진정한 만남은 거짓 없는 마음을 열 때 이뤄진다. 세상 또한 마찬가지다. 마음이 온전히 열리면 모든 것은 하나로 통하기 때문이다.

> 물질이든 명예든 본질적으로 내 차지일 수 없다.
> 내가 이곳에 잠시 머무는 동안
> 그림자처럼 따르는
> 부수적인 것들이다.
>
> 법정
>
> - 삶의 종점에서 -

물질과 명예에 대한 인간적 관점에서의 고찰考察

그 사람이 절대 권력자이든, 엄청난 부를 갖고 있든, 누구나 부러워하는 재능을 갖고 있든, 세상에서 가장 뛰어난 아름다움을 지닌 사람이든 누구나 유한한 존재이다. 권력도, 부도, 재능도, 아름다움도 살아있는 그 순간만 그 사람과 함께하는 것으로 그 사람이 가고 나면 그것으로 끝이다.

그런데 대개의 사람들은 부와 명예, 지위와 힘(권력)을 손에 쥐기 위해 안간힘을 쓴다. 일부 그릇된 생각을 지닌 사람들은 법을 어기고, 해서 안 되는 일까지 무리해서라도 하려고 하고, 힘 있는 자에게 붙어 제 욕망을 위해 아첨을 일삼는다. 이는 매우 잘못된 일이며, 그로 인해 자신의 인생을 망칠 수도 있음에 유념해야 한다.

부와 명예는 바람에 날리는 겨와 같다. 그런데도 그것이 영원히 함께할 것처럼 교만하게 굴고 주변 사람들 위에 군림하려고 한다. 이는 자신의 인생을 욕되게 하고 허망하게 하는 일일 뿐이다.

그렇다. 물질이나 명예는 한때 빌려 쓰는 것이라고 생각하라. 그러면 물질과 명예의 욕망으로부터 벗어나 인간답게 살아가게 될 것이다.

살아있는 동안 주어지는 물질과 명예는 잠시 빌려 쓰는 것이라고 생각하라. 그러면 물질과 명예의 욕망으로부터 벗어나 참되게 살 수 있다.

귀 기울여 듣는 내가 돼라

상대의 말에 귀 기울여 듣게 되면 두 가지 효과를 얻게 된다. 첫째는 인간관계를 좋게 할 수 있고, 둘째는 자신에게 유익함을 얻게 된다. 이를 좀 더 구체적으로 보면 사람은 누구나 자신의 말에 귀 기울여 들어주는 사람을 좋아하고 그와 좋은 관계를 맺고 싶어 한다. 그런 사람은 속이 깊고 상대를 배려하는 마음이 좋다고 여기기 때문이다. 그래서 남의 말을 잘 들어주는 사람은 인간관계가 좋다. 이에 대해 미국의 의학자이자 시인인 올리버 웬델 홈스Oliver Wendell Holmes는 이렇게 말했다.

"진심으로 공감하고 이해하는 태도로 상대의 말을 듣는 것이야말로 다른 사람들과 두루 사이좋게 지내고 평생 지속될 우정을 쌓아가는 데 가장 효과적인 방법이다. 요즘에는 이 기술을 연습하는 사람들이 점점 줄어드는 것 같다. 이 기술은 바로 경청하는 것이다."

홈스의 말에서 보듯 남의 말을 잘 들어주는 것이 인간관계에 있어 자신에게 얼마나 효과적인 것인지를 잘 알 수 있다. 그리고 남의 말을 잘 듣다 보면 상대의 얘기를 통해 자신이 몰랐던 사실을 알게 되고, 그로 인해 자신의 새로운 존재 가치를 발견하게 된다.

그러나 자기 말만 하는 사람은 스스로에게 갇히게 됨을 명심하라.

남의 말을 잘 들어주는 사람은 인간관계를 잘하게 되고 자신을 유익하게 하지만, 자기 말만 하는 사람은 자기 말에 갇히게 된다.

> 산에는 꽃이 피고 꽃이 지는 일만 아니라
> 거기에는 시가 있고,
> 음악이 있고, 사상이 있고, 종교가 있다.
>
> 법정
>
> – 산에 사는 산사람 –

산에서 느끼고 배우라, 산은 삶의 교본이다

알피니스트가 산에 오르는 것은 산이 좋아서도 그렇지만, 산을 오르다 보면 산 아래에서는 안 보이던 삶의 길이 보이고, 산 아래에서는 맛볼 수 없는 깊은 희열을 느끼고, 산 아래에서는 경험할 수 없는 충만한 만족을 느끼고, 그 어디에서도 만족할 수 없었던 벅찬 행복을 느끼기 때문이다.

그리고 산을 오르다 보면 생동감 넘치는 자연의 숨결을 폐부 깊숙이 느끼게 되고, 갖가지 이름 모를 꽃과 나무, 새, 동물들을 만나는 즐거움이 있고, 목적지를 정복하겠다는 강한 의지를 펼쳐나가는 목표가 있기 때문이다.

산은 알피니스트에겐 종교와 같고, 시와 같고, 연인과 같고, 음악과 같고, 삶의 철학이자 사상인 것이다. 산에 대해 느끼는 감정은 산을 좋아하는 사람들 또한 알피니스트와 별반 다르지 않다. 다른 게 있다면 비전문가와 전문가라는 차이가 있을 뿐이다.

이렇듯 산은 사람들에게는 인생의 스승과 같고, 지친 마음을 치유하는 심리치료사와 같고, 즐거움과 기쁨을 주는 아티스트와 같다. 산에서 느끼고 배워라. 산은 삶의 질을 높이는 삶의 교본이다.

산을 올랐을 때의 기쁨은 힘들게 오르면 오를수록 더 크다. 힘든 만큼 성취감이 배가 되기 때문이다. 산에서 배워라. 산은 무언의 스승이다.

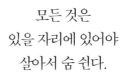

모든 것은
있을 자리에 있어야
살아서 숨 쉰다.

법정

- 있을 자리 -

모든 것이 제자리에 있어야 할 이유

어떤 집을 방문해 보면 안정되고 편안한 느낌을 준다. 가구의 배치가 짜임새 있게 잘 배치되었을 뿐만 아니라, 실내 인테리어에 있어 도배와 장판이 가구의 색상과 잘 어우러졌기 때문이다. 다시 말해 있을 자리에 있음으로 해서 조화를 이룬 까닭이다.

또 다른 어떤 집을 방문해 보면 안정되지 못하고 불편하고 산만한 느낌을 준다. 가구의 배치도 그렇고, 도배와 장판이 가구의 색상과 조화롭지 못하기 때문이다. 즉, 있을 자리에 배치되지 못해 구조적으로 조화롭지 않는 까닭이다.

이는 삶에 있어서도 마찬가지이다. 그곳이 집이든 기관이든 직장이든 그 어디든 각각의 사람은 각자가 있어야 할 자리에 있어야 모든 것이 막힘없이 굴러간다.

그런데 자신의 능력에 맞지 않는 자리를 탐하거나, 원칙을 무시하고 순리를 벗어나 인위를 가하다 보면 반드시 문제가 발생한다. 있어야 할 자리를 벗어나 마치 잘못 끼운 단추처럼 어긋나기 때문이다.

자신의 능력에 맞지 않는 자리를 넘보지 마라. 각자가 자신이 있어야 할 자리에 있는 것, 그 자리를 지키며 최선을 다하는 것, 그것은 자신을 위하고 모두를 위한 일인 것이다.

제자리를 지킨다는 것은 자신은 물론 모두를 위한 것이다. 그러나 제자리를 벗어날 땐 문제가 발생한다. 이는 철칙임을 반드시 명심하라.

함부로 남을 판단하고 심판하지 말라

소설《작은 아씨들》로 잘 알려진 루이자 메이 알코트Louisa May Alcott
는 교사 생활을 하면서 습작을 했다. 그녀는 작가가 되어 자신이
쓰고 싶은 소설을 마음껏 쓰고 싶었다. 학교를 마치고 집에 오면
책상에 앉아 밤이 이슥해지도록 쓰고 또 썼다. 드디어 원고를 완성
한 그녀는 원고를 출판사에 보냈다. 소식이 오기를 기다렸지만 연
락이 없자 그녀의 아버지가 그녀를 대신해 출판사를 찾아갔다. 그
녀의 아버지가 찾아온 연유를 말하자 담당 편집자는 "따님에게 전
해 주세요. 소설로는 결코 성공할 수 없으니 교사 생활이나 잘하라
고요."라고 쌀쌀하게 말했다.

퇴근하고 집에 돌아온 알코트는 아버지로부터 얘기를 전해 듣고 심한 모욕감을 느끼곤 두 주먹을 불끈 쥐고 말했다.

"두고 보자. 기필코 그 출판사에서 소설을 내고 말 테니까. 그래서 당신의 코를 납작하게 해 줄 거야."

그녀는 더 열심히 소설과 시를 습작했다. 그렇게 뼈를 깎는 시간을 지나 그녀는 당대 미국 최고의 시인인 헨리 워즈워스 롱펠로에게서 '에머슨 수준이 아니면 쓸 수 없는 시를 썼다'는 극찬을 받으며 등단했다.

이후, 그녀는 소설 《작은 아씨들》을 출간하여 상업적으로나 문학적으로 큰 성공을 거뒀다. 속편에서도 큰 성공을 거두었다. 그녀가 한창 잘나갈 때는 인세로만 20만 달러를 받았는데, 당시의 가치로는 천문학적인 숫자였다.

알코트에게 함부로 말하고 속단했던 출판사의 편집자는 코가 납작해질 수밖에 없었다. 그녀를 함부로 판단한 출판사 편집자처럼 남을 함부로 판단하고 그릇된 잣대를 대는 것은 옳지 않다. 지금은 그 사람이 보잘것없어도 그가 나중에 어떤 사람이 될지는 아무도 모르는 일이기 때문이다.

남을 함부로 여겨 판단하고 예단하지 마라. 그것은 스스로에게 칼날을 겨누는 것과 같다.

> 어떤 대상을 바르게 이해하려면
> 먼저 그 대상을 사랑해야 한다.
> 이쪽에서 따뜻한 마음을 열어 보여야
> 저쪽 마음도 열린다.
>
> 법정
>
> - 꽃과의 대화 -

먼저 그 대상을 사랑하라

자신이 관심을 갖고 있는 사람을 제대로 알기 위해서는 자신이 먼저 마음을 열고 다가가야 한다. 상냥하고 부드러운 말씨로 말을 걸고, 그가 좋아하는 것 등에 대해 관심을 기울이고, 자신이 그에게 호감을 갖고 있음을 보여 주어야 한다. 사람은 누구나 자신에게 관심을 갖고 친절한 말과 행동을 보이며 다가오는 사람에게 관심을 보이는 법이다. 이에 대해 영국의 소설가이자 《채털리 부인의 사랑》으로 유명한 D. H. 로렌스는 이렇게 말했다.

"대개 사람의 호감이란 먼저 남이 표시해 준 것에 대한 반응으로 나타나는 것임을 알아야 한다. 당신이 기다릴 것이 아니라, 당신이 먼저 다가가라."

공자公子 또한 이렇게 말했다.

"네가 다른 사람에게 바라는 일은 네가 먼저 그에게 베풀어라."

로렌스나 공자의 말의 요점은 상대에 대해 알고 싶고, 그와 가까이하고 싶다면 그가 다가오길 기다리지 말고 마음을 열고 자신이 먼저 다가가라는 말이다.

그렇다. 따뜻한 말과 행동으로 관심을 기울이고 베풀면 상대 또한 마음을 열고 다가온다. '이 사람은 내가 믿어도 될 만한 사람이구나'라는 인식을 마음 깊이 심어주기 때문이다.

어떤 사람에 대해 알고 싶다면 자신이 먼저 따뜻한 마음을 보여주어라. 사람은 누구나 자신에게 따뜻하게 대해주는 사람에게 관심을 보이는 법이다.

사람이든 물건이든
바라보는 것만으로도 충분한데
소유하려고 하기 때문에 고통이 따른다.

법정

- 소유로부터의 자유 -

소유욕으로부터 벗어나기

사람이든 물건이든 소유하려는 마음은 인간의 '본능'이다. 다만 정도의 차이가 있을 뿐이다. 이러한 본능은 '욕망'으로써 지극히 당연한 일이지만, 이의 정도가 지나치면 화를 부르고 고통이 따르게 된다.

어느 마을에 마음씨 착한 부자가 살고 있었다. 마음씨 착한 부자에게는 요술 맷돌이 있었는데, 필요한 것은 무엇이든 손에 쥘 수 있어 사람들을 도와주었다. 이 소식을 들은 이웃 마을의 마음씨 고약한 부자는 하인을 시켜 맷돌을 훔쳐오게 했다. 맷돌을 훔쳐오면 충분한 보상을 해주겠다는 조건을 걸었던 것이다. 하지만 하인은 맷돌을 보자 욕심이 생겼다. 배를 건너던 그는 자신이 맷돌을 갖기로 했다. 그는 "소금 나와라!" 하고 외쳤다. 그러자 하얀 소금이 나오기 시작했다. 배에 소금이 가득 차자 배는 바다에 가라앉고 말았다.

이 이야기는 소유에 대한 욕망이 얼마나 무서운 것인지를 잘 알게 한다.

그렇다. 소유욕은 부모 형제 간에도 척을 지게 하는 무서운 '욕망의 늪'이다. 소유욕으로부터 자신을 내려놓아라. 그것이야말로 고통으로부터 자유로워짐을 잊지 마라.

소유는 인간의 본능이지만 그로 인해 인간은 불행과 고통에 휘말리게 된다. 진정으로 행복하고 싶다면 지나친 소유욕을 경계하라.

무슨 일에나 최선을 다하라.
그러나 그 결과에는 집착하지 마라.

법정

- 생활의 규칙 -

최선을 다하되 결과에 집착하지 않기

자신을 아끼고 사랑하는 사람은 일에 있어서든 사랑에 있어서든, 그 무엇을 하든 최선을 다한다. 자신이 하는 일에 최선을 다하는 것은 자신의 인생에 대한 예의이자 도리이며, 그로 인해 자신이 행복하다는 것을 잘 아는 까닭이다.

그런데 결과에 너무 집착하다 보면 그로 인해 불행해질 수 있음을 경계해야 한다. 지나친 집착은 자신과 주변 사람들에게 고통을 줄 수 있기 때문이다. 집착의 위험성에 대해 고대 그리스 시인 에우리피데스Euripides는 "과도한 사랑은 인간에게 아무런 명예나 가치도 가져다주지 않는다."라고 했으며, 장자莊子는 "돈에 집착하는 자는 비난을 받게 되고, 권력에 집착하는 자는 스스로 망하게 되고, 무위도식하는 자는 방황하게 된다."고 했으며, 프랑스 시인이자 동화작가인 라 퐁텐La fontaine은 "어떤 이들은 열 가지 장점은 볼 줄 모르고 한 가지 단점에만 집착한다."라고 말했다. 이를 보면 집착은 부정적으로 작용한다는 것을 알 수 있다.

에스파냐 소설가 세르반테스Cervantes는 "집착을 버려라. 그러면 세상에서 가장 부유한 사람이 될 것이다."라고 말했는데, 집착으로부터 벗어나는 것이 자신을 행복하게 할 수 있다는 것을 잘 알게 한다.

그렇다. 무슨 일에든 최선을 다하되 집착은 버려라. 집착은 인생을 어지럽히는 고약한 방해꾼이다.

집착은 쓸데없는 정신적 부산물과 같다. 무슨 일이든 최선을 다하되 스스로를 옭아매는 집착을 버려라.

자신을 만드는 것은 자신의 생활습관이다

습관의 중요성에 대해 영국의 시인 존 키츠John Keats는 "습관은 제2의 천성이다."라고 했으며, 공자孔子는 "타고난 본성은 비슷하지만, 습관에 의해 달라진다."고 말했다. 그리고 미국의 심리학자인 윌리엄 제임스William James는 "습관을 바꾸는 것만으로도 자신의 인생을 바꿀 수 있다."고 말했다.

키츠와 공자, 윌리엄 제임스의 말을 보더라도 습관이 한 사람의 인생에 있어 얼마나 중요한지를 잘 알게 한다. 이에 대한 이야기이다.

세계적인 음악가 토스카니니Toscanini는 성격이 급하고 다혈질이다. 그는 작은 일도 잘 참지 못하고, 자신의 성미에 맞지 않으면 손에 닥치는 대로 집어 던졌다. 그러다 보니 값비싼 시계와 물건 등이 남아나질 않았다. 이는 어렸을 때부터 길러진 습관이라 저명한 음악가가 돼서도 여전했던 것이다. 주변 사람들은 그가 음악은 잘하지만 괴팍한 사람이라고 손가락질을 했다.

그러던 어느 날 어떤 오케스트라 단원이 그에게 싸구려 시계를 선물하며 '연주를 할 땐 꼭 이 시계를 차라'는 편지도 함께 건넸다.

토스카니니는 편지를 읽고 큰 충격을 받았다. 그는 자신이 그 정도일 줄도 몰랐던 것이다. 그는 자신의 나쁜 습관을 고치기로 하고 노력한 끝에 자신의 감정을 조절하게 됨으로써 존경받는 음악가가 되었다.

그렇다. 좋은 습관은 자신을 잘되게 하지만 나쁜 습관은 자신을 망치게 한다. 좋은 습관은 재산과 같음을 명심하라.

잘 들인 습관은 그 어떤 자산보다도 가치가 있다. 좋은 습관은 자신을 성공한 인생으로 만들기 때문이다.

텅 비어 있기 때문에
가득 찼을 때보다
오히려 더 충만하다.

법정

- 빈 방에 홀로 -

비어 있으므로 더 충만하다

구름 한 점 없이 맑다

푸르다

고요하다

아, 텅 비어서 더 장엄하고

아름다운 하늘

새들이

꽃처럼 날개를 활짝 펴고

무리 지어 날아간다

아, 비어서 더 엄숙하고

고고한 하늘

이는 나의 〈허공〉이라는 시다. 어느 해 가을날 하늘을 쳐다보는 데, 구름 한 점 없이 높고 푸르렀다. 마치 텅 빈 거대한 공간과도 같았다. 그런데 갑자기 마음이 충만해져 왔다. 그 감정은 무어라 표현할 말이 없을 정도로 뿌듯했다. 나는 그때 알았다. 비었다는 것은 '허虛'가 아니라 '충만함'이라는 것을.

무엇이든 채우려고 하는 사람은 오히려 그로 인해 공허감을 느끼게 된다. 비움의 충만함을 모르기 때문이다. 채우려는 욕망으로 심신이 괴로울 땐 자신의 마음을 비워야 한다. 그렇지 않으면 그로 인해 고통에 시달리게 될 것이다.

비우는 자만이 채움의 진정한 기쁨을 안다. '비움'은 곧 '채움'이다.

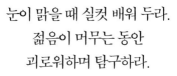

눈이 맑을 때 실컷 배워 두라.
젊음이 머무는 동안
괴로워하며 탐구하라.

법정

- 하루 한 생각 -

맘껏 배우고 괴로워하며 탐구하라

평생을 배워도 모자라는 게 배움이다. 배움은 그만큼 깊고 높다. 그런데 배움을 단기적으로 생각하거나 일정하게 정해진 기간만 하는 거라고 생각한다면, 배움의 의미를 잘 모르는 일이다.

배움은 광야를 달리는 무적의 전차와 같아서 참된 배움은 열정 없이는 할 수 없다. 배움의 소중한 가치에 대해 조 카를로스는 "날마다 한 가지씩 새로운 것을 배우면 경쟁자의 99%를 극복할 수 있다."고 했으며, 영국 빅토리아 여왕 시대 두 번이나 수상을 지낸 벤저민 디즈레일리Benjamin Disraeli는 "가장 많은 것을 알고 있는 사람이 인생에서 가장 크게 성공한다."고 말했으며, 한때 노숙자로 지내다 공부함으로써 최고의 자기계발 전문가가 된 미국의 브라이언 트레이시Brian Tracy는 "평생 배우기에 힘써야 한다. 당신의 정신과 당신의 머리에 집어넣는 것, 그것이 당신이 가질 수 있는 최고의 자산이다."라고 말했다.

'불치하문不恥下問'이라는 말이 있다. 이는 《논어論語》〈공야장〉에 나오는 말로 '손아랫사람 또는 지위나 학식이 자기만 못한 사람에게 모르는 것을 묻는 일을 부끄러워하지 않는다'라는 말이다.

법정 스님은 "젊음이 머무는 동안 괴로워하며 탐구하라."고 말한다. 그렇다. 누구에게든 배울 것이 있으면 배우고, 배움의 고통이 따르더라도 배워야 한다. 배움은 가장 진실한 인생의 길라잡이이다.

배움이란 '무형의 자산'이다. 배움이 깊은 사람은 어디를 가든 환영을 받는다. 배움은 인간에게 최고의 가치이자 최고의 자산이다.

가끔은
시장기 같은
외로움을 느껴야 한다.

법정

- 외로움 -

가끔은 시장기 같은 외로움을 느껴야 한다

바쁘게 살다보면 몸과 마음은 지치게 마련이다. 그렇게 되면 몸과 마음이 피폐해지고, 아무렇지도 않은 일에 짜증을 부리게 되고, '내가 무엇을 위해 살지?'라는 의구심이 들어 공허함과 상실감에 사로 집히곤 한다.

역설적이지만 이럴 땐 자신을 외롭게 해야 한다. 마치 이 세상에 혼자 있는 듯한 고립감 속에서 짙은 외로움에 푹 젖어야 한다. 그렇게 외로움을 느끼다 보면, 자신이 혼자가 아니라는 사실에 대해 감사하게 되고, 비록 바쁨으로 해서 몸과 마음이 고달픈 것이 오히려 다행이라는 생각이 들게 됨은 물론 새로운 생각을 발견하게 된다.

"재능은 고독(외로움) 속에 이루어지며, 인격은 세파 속에서 이루어진다."

이는 독일의 시성 괴테Goethe가 한 말로 외로움을 긍정적으로 보여준다.

본질적인 외로움은 어느 누구도 해결해 줄 수 없다. 그것은 자신이 해결해야 하는데 이에 대해 인도의 철학자 오쇼 라즈니쉬Osho Rajneesh는 이렇게 말했다.

"어느 누구도 당신의 공허함을 채워줄 수 없다. 자신의 공허함과 만나야 한다. 그걸 안고 살아가면서 받아들여야 한다."

그렇다. 외로움은 자신이 해결해야 할 문제이고, 그것을 이겨내면서 인생은 더욱 성숙해지고 깊어진다. 그런 까닭에 가끔은 시장기 같은 외로움을 느껴야 하는 것이다.

외로움이 찾아들면 외로워하라. 그 외로움이 사라질 때까지 외로워하라. 그렇게 하다 보면 외로움도 친구가 되고, 자신을 이기는 '힘'이 된다.

어떤 마음으로 살 것인지를 생각하라

같은 환경에서도 어떤 사람은 밝고 활기차게 사는가 하면, 또 다른 어떤 사람은 우울의 그림자를 뒤집어쓴 것처럼 살아간다. 이는 그 사람의 성격이나 마인드에 기인하는 것으로 그 사람의 인생에 막대한 영향을 준다.

두 친구가 있었다. 둘 다 가정 형편이 어려웠다.

그런데 한 친구는 긍정적이고 낙관적인 성격이었고, 한 친구는 소극적이고 비관적인 친구였다. 긍정적이고 낙관적인 친구는 새벽부터 신문을 돌리며 열심히 공부한 끝에 공무원이 되었다. 그는 공무원 생활을 하며 야간대학을 나와 대학원까지 마쳤다. 그는 시청 과장으로 근무하며 잘살고 있다.

그러나 소극적이고 비관적인 친구는 가난한 환경을 탓하며 싸움을 일삼다 소년원에 수감되었다. 그는 성인이 되어서는 교도소를 안방처럼 들락거렸다. 20대 후반 출소한 그는 출소한 지 사흘 만에 스스로 죽음을 선택했다. 둘 다 가난한 환경이었지만 마음의 빛깔이 달랐던 두 친구의 인생은 그들 마음의 빛깔처럼 되었다.

이렇듯 어떤 마음으로 사느냐에 따라 우리의 삶은 영향을 받는다. 행복하게 살고 싶다면 긍정적이고 낙관적으로 사는 당신이 돼라.

어려워도 긍정적인 사람은 낙관적으로 살아가고, 풍족해도 부정적인 사람은 비관적으로 살아간다. 이렇듯 그 사람의 인생은 그 사람의 '마음의 빛깔'에 따라 결정된다.

오늘 우리가 겪는 온갖 고통과
그 고통을 이겨내기 위한 의지적인 노력은 다른 한편
이다음에 새로운 열매가 될 것이다.
이 어려움을 어떤 방법으로 극복하는가에 따라
미래의 우리 모습은 결정된다.

법정

- 모든 것은 지나간다 -

우리의 미래를 결정하는 것

아무것도 가진 것이 없는 빈털터리 사내가 있었다. 하지만 그의 가슴속에는 원대한 꿈이 있었다. 그것도 아주 선명하고 구체적인 꿈이었다. 그 꿈은 발명왕 토마스 에디슨Thomas Edison과 공동사업을 하는 것이었다. 그는 기차표를 구한 끝에 에디슨을 만나러 갔다. 그는 초라한 몰골을 하고 있었지만 그의 눈은 새벽하늘의 샛별처럼 반짝이고 있었다.

그는 우여곡절 끝에 에디슨을 만나 그와 공동으로 사업하기를 바란다고 말했다. 비록 차림새는 남루했지만 그의 의지는 하늘을 찌를 정도였다. 에디슨은 그의 강한 의지를 보고 그를 취업시켰다.

그러던 어느 날 에디슨은 축음기를 발명했다. 다른 직원들은 다들 시큰둥한 표정이었지만, 그만은 달랐다. 그는 에디슨에게 자신이 잘 팔면 전국판매권을 달라는 조건을 걸었고 에디슨은 그렇게 하겠다고 약속했다. 사내는 뛰어난 판매능력을 보이며 엄청난 판매성과를 냈다. 그로 인해 에디슨의 축음기는 널리 알려지게 되었고, 그만큼 판매실적도 올랐다. 에디슨은 사내와의 약속대로 그에게 전국판매권을 주었다. 사내는 놀라운 판매실적을 올린 끝에 에디슨과 공동경영자가 되었으며 큰 부자가 되었다. 마침내 자신의 꿈을 이뤄낸 것이다. 사내의 이름은 에드윈 C. 번즈이다.

번즈는 자신의 생각대로 실행에 옮겨 최선을 다한 끝에 성공할 수 있었다. 그렇다. 번즈의 경우처럼 어려움을 어떻게 극복하느냐에 따라 자신의 미래는 결정되는 것이다.

어려움을 극복하는 방법에 따라 그 사람의 미래는 결정된다.

내가 지금 순간순간
살고 있는 이 일이 인간의 삶인가,
지금 나답게 살고 있는가,
스스로 점검해야 한다.

법정

– 인간이라는 고독한 존재 –

순간순간 스스로를 점검하라

'내가 지금 이 순간 잘살고 있는 것일까, 내가 지금 이 순간 나답게 살고 있는 것일까, 내가 지금 이 순간 누군가에게 의미 있는 인생일까, 내가 지금 이 순간 원하는 인생을 살고 있는 것일까, 내가 지금 이 순간 누군가에게 짐이 되는 것은 아닐까, 내가 지금 이 순간 누군가에게 아픔을 주는 것은 아닐까?'라고 생각한다면 과연 스스로에게 무어라고 할 수 있을까.

'그래, 넌 지금 충분히 잘하고 있어. 혹은 넌 지금 너답지 않게 살고 있어.'라는 생각이 들 것이다. 지금 충분히 잘하고 있다는 생각이 들면, 그것은 지금 자신에게 충실하다는 것을 의미한다.

그러나 '넌 지금 너답지 않게 살고 있어'라는 생각이 들면 지금 이 순간 자신의 삶의 시스템을 바꿔야 한다. 그것을 알고도 그대로 둔다는 것은 스스로 자신을 나락으로 떨어뜨리는 일이다.

사람은 누구나 잘할 때도 있고, 못할 때도 있다. 또한 일이 잘될 때도 있고, 잘 안 될 때도 있다. 그런 까닭에 순간순간 자신을 점검해야 한다. 그래서 잘하고 있다면 스스로를 칭찬해주고, 잘못하고 있다면 잘할 수 있도록 하면 되는 것이다.

그렇다. 그러니까 사람인 것이다.

살아가는 동안 순간순간 자신을 점검하라. 그래서 잘하면 스스로를 격려해 주고, 못하면 고쳐서 잘하면 된다.

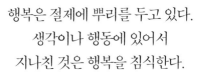

행복은 절제에 뿌리를 두고 있다.
생각이나 행동에 있어서
지나친 것은 행복을 침식한다.

법정

- 하늘같은 사람 -

행복은 절제에 뿌리를 두고 있다

행복도 지나치면 화가 될 수 있다. 행복에 취해 자신을 잊고 교만하게 굴 수도 있고, 우쭐댐으로 해서 사람들부터 지탄을 받을 수도 있다. 과유불급過猶不及이라 했다. 그 어떤 것도 넘치면 오히려 아니함만 못하듯 행복 또한 넘치다 보면 잘못될 수도 있다.

농사를 지으며 행복하게 살던 사람이 있다. 언제나 그는 주변 사람들에게 친절하게 대했으며, 마을의 궂은일을 앞장서서 하는 등 사람들로부터 평판이 좋았다.

그러던 어느 해 그가 살고 있는 마을이 도시계획에 따라 신시가지로 조성하게 되어 논과 밭을 처분했다. 그에게 수십억이라는 돈이 생겼다. 하루아침에 부자가 된 것이다. 그는 커다란 3층짜리 집을 짓고, 고급 자동차를 타고, 골프를 배우러 다니는 등 완전히 다른 사람이 되었다. 게다가 젊은 여자도 생겼다. 친절하고 성실하던 그는 교만한 사람으로 변하고 말았다. 그는 이혼을 하고 재산을 젊은 여자 앞으로 해주곤 그녀와 살았다.

영원히 행복할 것 같았던 어느 날 젊은 여자가 남자의 돈을 훔쳐 자취를 감추고 말았다. 그는 하루아침에 알거지가 된 것이다. 자신을 절제하지 못한 그는 행복도 돈도 가족도 모든 것을 잃고 말았다.

그렇다. 행복도 절제하지 못하면 불행이 될 수 있다. 이를 마음이 새겨 잊지 말아야겠다.

지금 행복하다고 해서 영원히 행복할 거라는 생각을 버려야 한다. 행복에 취해 절제하지 못하면 불행의 늪에 빠질 수 있기 때문이다.

> 말은 생각을 담는 그릇이다.
> 생각이 맑고 고요하면
> 말도 맑고 고요하게 나온다.
>
> 법정
>
> - 존재의 집 -

말은 생각을 담는 그릇이다

'글은 그 사람이다'라는 말이 있듯 말 또한 그 사람인 것이다. 그 사람이 하는 말을 보면 그 사람이 어떤 생각을 하고, 삶의 철학은 무엇이며, 그가 지향하는 삶은 무엇이며, 그의 학식과 인품을 알 수 있다. 말은 그 사람의 생각을 담는 그릇이기 때문이다.

그렇다면 어떻게 말을 해야 하는지는 명약관화明若觀火하다. 자신이 사람들에게 좋은 이미지를 심어주고, 좋은 관계를 갖고 싶다면 말 한 마디도 함부로 해서는 안 된다. 그러면 사람들이 가까이하기를 꺼려한다. 말이 거칠면 그 사람 생각은 물론 그 사람 자체가 거칠다고 여기는 까닭이다.

하지만 말이 부드럽고 상냥하면 그 사람에 대한 관심을 갖게 된다. 그가 꽤 괜찮은 사람이라고 생각하고, 그와 함께해도 좋겠다는 생각을 하게 되기 때문이다.

법정 스님은 '말은 생각을 담는 그릇이다'라고 했다. 그래서 생각이 맑고 고요하면 말도 맑고 고요하게 하게 된다는 것이다. 이처럼 말을 어떻게 하느냐는 것은 매우 중요하다. 말의 중요성에 대해 영국의 시인 사무엘 존슨Samuel Johnson은 "말은 사상의 옷이다."라고 했다.

그렇다. 말은 그 사람의 사상을 보여주는 옷, 즉 '생각의 그릇'이다. 한 마디 말도 생각을 잘 다듬어서 해야 하겠다.

말은 그 사람의 인품, 학식, 철학을 담고 있다. 말은 생각을 담는 그릇이기 때문이다. 한 마디 말도 신중히 하라.

6부

필요에 따라 살되
욕망에 따라 살지 마라

자신만의 새로운 생각을 도출해내고, 그것을 실행해 나가야 한다.
그렇게 될 때 향기로운 꽃이 피듯 지금보다 나은 삶의 길로 가게 된다.

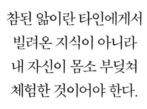

참된 앎이란 타인에게서
빌려온 지식이 아니라
내 자신이 몸소 부딪쳐
체험한 것이어야 한다.

법정

- 참된 앎 -

참된 앎은 자신의 체험에서 온다

'체험은 가장 훌륭한 스승'이라는 말이 있다. 자신이 직접 부딪쳐서 경험한 것은 생생한 날것과 같아, 확실하고 뚜렷이 뇌리에 각인되기 때문이다. 이렇게 해서 알게 된 '지식'은 살아있는 지식으로 '앎'의 근본이 된다.

예로부터 모든 지식은 인문학적인 것이든, 사회학적인 것이든, 인류학적인 것이든, 철학적인 것이든, 문학적인 것이든 체험을 바탕으로 하여 체계화되었고, 오늘날의 학문으로 '정립'된 것이다. 그런 까닭에 책상에 앉아 남이 이미 정립해 놓은 지식을 암기하는 식의 지식 습득은 스스로 체험해서 터득한 지식에 비할 바가 못된다. 책상에 앉아 쌓는 지식은 말 그대로 빌려온 것을 머리에 주입하는 것일 뿐이다. 이런 식의 지식 습득은 세월이 지나면 쉽게 잊어버리지만, 체험으로 쌓은 지식은 오래간다.

오래전의 지식 습득이 인격을 기르고 사람답게 살아가기 위한 것이라면, 오늘날의 지식 습득은 취업을 위한 수단으로서의 지식이기에 진정한 '앎'과는 거리가 멀다.

죽을 때까지 배우고 익혀도 모르는 게 '앎'이다. 스스로 체험해서 습득하는 지식이야말로 '참다운 앎'인 것이다.

진정한 '앎'은 남이 정립해 놓은 지식을 습득하는 것이 아니라, 자신이 직접 체험함으로써 얻게 되는 지식을 말한다. 체험보다 '확실한 앎'은 없다.

빗방울이 연잎에 고이면
연잎은 한동안 물방울의 유동으로 일렁이다가
어느 만큼 고이면
수정처럼 투명한 물을 미련 없이 쏟아버린다.

법정

- 연잎의 지혜 -

연잎에서 배우는 삶의 지혜

연잎에 물방울이 떨어지면 마치 구슬처럼 또르르 굴러간다. 이는 표면장력에 의한 것인데 표면장력이란 '액체의 표면이 스스로 수축하여 가능한 한 작은 면적을 취하려는 힘'을 말한다. 표면장력은 액체의 분자들 사이에 서로 끄는 힘이 작용하고 있기 때문에 일어나는 현상으로, 액체 방울은 모두 둥근 모양인데 액체의 분자 간에 힘이 크면 클수록 더욱 둥근 모양이 된다.'라고 말할 수 있다. 이는 과학적인 근거를 바탕으로 한 것으로써 학문적인 관점에 기인한 것이다.

그런데 법정 스님은 연잎에 어느 만큼 물이 고이면 수정처럼 투명한 물을 미련 없이 쏟아버린다고 말한다. 이는 마음의 눈으로 보는 관점에 기인하는 것으로, 즉 마음의 수양을 쌓음에 비유하여 이르는 말이다.

이렇듯 연잎에 있는 물방울을 놓고도 마음의 눈의 관점과 학문적인 관점으로 말할 수 있다. 대상을 어떤 관점으로 보느냐에 따라 그것을 보는 사람의 마음의 눈높이가 달라지는 것이다.

연잎이 물방울의 무게를 지탱할 수 없을 때 물방울을 쏟아내듯, 자신이 지탱할 수 없는, 분수에 맞지 않는 삶은 미련 없이 내려놓아야 한다. 그것이 곧 자신의 행복을 위한 참다운 지혜인 것이다.

어리석은 자는 자신이 감당할 수 없는 것에도 미련을 버리지 못하지만, 지혜로운 자는 미련을 남기지 않는다. 이것이 어리석은 자와 지혜로운 자의 '차이'이다.

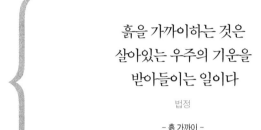

흙을 가까이하는 것은
살아있는 우주의 기운을
받아들이는 일이다

법정

- 흙 가까이 -

흙을 가까이하고 우주의 기운을 받아들이기

요즘 부쩍 흙냄새가 좋아졌다. 산책을 하다 보면 흙의 향기를 느끼게 되는데, 흙냄새를 맡고 나면 기분이 맑고 상쾌해짐을 느낀다. 특히, 비가 내린 뒤 촉촉해진 흙냄새를 맡으면 그 풋풋함에 몸과 마음이 날아갈 듯 산뜻해지는 걸 피부 깊숙이 느끼게 된다. 그런 날은 하루 종일 몸에서 신선한 기운이 감돈다. 인위人爲를 가하지 않은 자연의 향이어서일까, 자꾸만 흙냄새가 맡고 싶다. 흙은 사람에게도 동물에게도 식물에게도 참 소중한 자연이다.

언젠가부터 삭막한 콘크리트 도심 속 집 옥상에 흙을 퍼다 작은 텃밭을 꾸미고 상추며, 아욱이며, 고추며, 방울토마토 등의 채소와

과일을 심어 자연의 맛을 느끼려는 사람들이 느는 추세다. 또한 빌딩 옥상에 정원을 만들어 갖가지 꽃을 심고, 틈날 때마다 휴식을 즐기는 기업들도 있다고 한다. 이는 흙의 신선함이 사람의 몸과 마음을 맑게 씻어줌으로써 평안하게 해주기 때문이다.

왜 그럴까. 흙은 살아 있는 우주를 품고 있어 흙을 가까이하면 우주의 활기차고 넉넉한 기운을 받아들이게 돼, 몸과 마음에 활기찬 기운이 넘치는 까닭이다.

흙을 가까이하라. 넉넉하고 활기찬 흙의 기운을 맘껏 받아들여라.

흙의 풋풋하고 신선한 냄새는 사람의 마음을 평안하게 한다. 심신이 지치고 피로할 땐 흙 냄새를 맡으라. 새털처럼 가벼움을 느끼게 될 것이다.

> 삶에 곤란이 없으면 자만심이 넘친다.
> 잘난 체하고 남의 어려운 사정을 모르게 된다.
> 마음이 사치해지는 것이다.
>
> 법정
>
> - 사는 것의 어려움 -

마음이 사치해지지 않도록 하라

어려운 환경 속에서 자란 사람들은 남을 이해하고 배려하는 마음이 좋다. 어려움의 풍파를 겪으면서 산다는 것이 얼마나 힘든 일인지를 온몸으로 체득했기 때문이다. 또한 자신을 낮출 줄도 알고 상대를 높여줄 줄도 안다. 그래서 사람들에게 좋은 평판을 듣고, 좋은 관계를 유지하며 살아간다.

하지만 부유함 속에서 자란 사람들은 대개 남을 이해하고 배려하는 마음이 좋지 않다. 어려움을 겪지 않아 산다는 것의 소중함을 잘 모르기 때문이다. 그래서 자기만 알고 남의 사정을 잘 모른다. 그러다 보니 교만하게 굴고 함부로 사람들을 대해 손가락질 받기

일쑤다.

삶에 어려움이 없으면 자만심이 넘치고 마음이 사치해진다. 그런 까닭에 삶의 어려움을 겪어보는 것이 좋다. 가정 형편이 좋지 못한 사람은 그 자체가 삶의 고통이므로 자연적으로 삶의 곤란을 겪게 되지만, 가정 형편이 넉넉한 사람은 무전여행도 해보고, 힘들게 살아가는 사람들을 도와주기도 하고, 자신의 용돈은 스스로 벌어 해결하는 등 스스로를 힘들게 해보는 것이 좋다.

자신이 지금 힘들다고 해서 불평하지 마라. 힘들고 어려운 일을 겪어봐야 마음이 사치해지지 않음으로써 삶을 가치 있게 살아가게 된다.

삶의 어려움이 없다면 자만심이 넘치고, 사람들을 함부로 대하게 된다. 삶의 어려움을 자신을 진실 되게 하고, 잘되게 하는 기회로 삼아라.

> 타인을 기쁘게 해줄 때
> 내 자신이 기쁘고,
> 타인을 괴롭게 하면
> 내 자신도 괴롭다.
>
> 법정
>
> - 얼마나 사랑했는가 -

타인에게 하는 대로 나 또한 그대로 된다

남을 기쁘게 하면 자신도 기쁘게 되고, 남을 괴롭게 하면 자신 또한 괴로운 법이다. 자신이 매사에 즐겁고 행복하고 싶다면 남을 즐겁게 하고 행복하게 해야 한다. 나아가 자신이 받고 싶은 대로 먼저 남에게 행하라. 이에 대해 신약성경(마태복음 7장 12절)에 "무엇이든지 남에게 대접을 받고자 하는 대로 너희도 남을 대접하라. 이것이 율법이요 선지자니라"라는 말씀이 있는데, 이를 '황금률'이라고 한다. 이는 예수께서 제자들에게 가르침을 줄 때 일러 한 말씀이다.

사람들 중엔 자신은 남에게 베풀지 않으면서 남이 무엇을 해주길 바라는 이들이 있다. 이는 매우 잘못된 생각이 아닐 수 없다. 생각해보라. 자신은 하지 않으면서 남이 해주길 바란다는 게 말이 되는 일인지를.

남에게 칭찬을 듣고 싶으면 먼저 남을 칭찬하고, 남에게 배려와 양보를 구하고 싶다면 자신이 먼저 배려하고 양보하고, 남이 자신에게 웃어주길 바란다면 자신이 먼저 남에게 웃어주고, 남이 자신을 위해 노래를 불러주길 바란다면 자신이 먼저 남을 위해 노래를 불러주어라.

그렇다. 모든 것은 상대적이다. 자신이 남에게 받고 싶은 대로 자신이 먼저 그렇게 하라.

자신이 하는 대로 받게 되는 것이 삶의 법칙이다. 무엇이든 자신이 원하는 게 있다면 자신이 먼저 그렇게 하라.

자기 삶의 질서를 지니고 사는
자주적인 인간은 남의 말에 팔리지 않는다.
누가 귀에 거슬리는 비난을 하든 달콤한 칭찬을 하든,
그것은 그와는 상관이 없다.

법정

- 자신의 눈을 가진 사람 -

자주적인 인간이 되어야 하는 이유

주체성이 뚜렷하고 자기 확신이 분명한 자주적인 사람은 남에게 휘둘리거나 남의 말에 쉽게 말려들지 않는다.

또한 누가 칭찬을 하든 비난을 하든 쉽게 동요되지 않는다. 하지만 주체성이 불분명하고 자기 확신이 미약한 비자주적인 사람은 남에게 쉽게 휘둘리고 남의 말에 쉽게 말려든다. 그리고 칭찬은 좋아하지만 귀에 거슬리는 비난에는 민감한 반응을 보인다.

이처럼 자신을 자주적인 사람이 되게 하느냐, 비자주적인 사람이 되느냐에 따라 그 사람의 인생은 큰 영향을 받는다.

자주적인 사람은 자기 나름의 삶의 규칙이 있어, 자칫 잘못될 수 있는 일에서도 자신을 잘 지켜나간다. 또한 자신이 하는 일에 있어서도 책임감 있게 잘 해나간다. 이에 비해 비자주적인 사람은 삶이 불규칙적이다 보니 일관성이 부족하고, 작은 일에도 쉽게 흔들리고 타인에게 의지하려는 마음이 크다. 그래서 어떤 일에 있어서도 책임감이 부족하다.

자신의 인생을 자신이 원하는 대로 살고 싶다면, 자신을 자주적인 사람이 되게 해야 한다. 자주적인 사람이 될 때 매사를 주도하며 자기만의 삶을 살아가게 됨을 잊지 마라.

자주적인 사람은 주체성이 강해 무슨 일에서든 자기 확신이 분명하고, 자신에게 주어진 일에 책임감이 강하다. 또한 남의 말에 쉽게 동요되지 않고 주도적인 삶을 살아간다.

> 말로 비난하는 버릇을 버려야
> 우리 안에서 사랑의 능력이 자란다.
> 이 사랑의 능력을 통해
> 생명과 행복의 싹이 움튼다.
>
> 법정
>
> - 강물처럼 흐르는 존재 -

내 안에 사랑의 능력이 자라나게 하는 법

"말 한마디에 천 냥 빚을 갚는다, 말을 잘하면 자다가도 떡이 생긴다."는 속담은 '말'이 지닌 가치를 함축적으로 잘 보여준다. 말은 권력이나 다름없다. 어떻게 하느냐에 따라 '칼'이 되기도 하고 '방패'가 되기도 한다. 또한 말 때문에 상처를 받기도 하지만, 말 덕분에 사람이 살기도 한다. 따라서 말은 매우 중요하면서도 매우 조심스럽게 다루어야 한다.

특히, 말을 할 때 조심해야 할 것은 상대방을 비난하는 것이다. 비난은 상대방의 불평과 불만을 초래하게 된다. 비난이란 대개 인간의 감정을 자극하는 요소로 작용하기 때문이다. 인간은 생태적으로 비난에 대해 강박관념이 있는 동물적 심리(맹수적 본능)를 가지고 있다. 맹수는 자기가 위협받는다고 느끼면 곧바로 공격한다. 그러지 않으면 상대에게서 자신이 먼저 공격을 당하기 때문이다. 이런 자기방어적 본능이 강한 존재가 바로 인간이다. 그래서 인간은 자신이 누군가에게 비난을 받으면 곧바로 응수를 하여 자신에 대한 비난을 상쇄시키려는 방어본능을 드러낸다.

또한 비난을 삼가야 할 이유는 비난을 하게 되면 사랑하는 마음을 잃게 되고, 행복의 싹이 자라는 것을 방해하기 때문이다. 비난을 삼가라. 비난하는 버릇을 버려야 내 안에서 사랑의 능력이 자라남을 잊지 말라.

비난은 어떤 경우라도 부정적으로 작용한다. 비난을 삼가라. 비난은 자신의 마음으로부터 사랑을 잃게 하는 방해꾼이다.

지혜로운 사람이 처신하는 삶의 자세

어느 마을에 온 장사꾼은 며칠 뒤 그곳에서 할인 판매한다는 사실을 알고 그때까지 기다렸다가 물건을 사기로 했다.

"가만, 이 많은 돈을 어떻게 하지?"

장사꾼은 자기가 가지고 있던 많은 돈 때문에 은근히 걱정이 되었다. 자칫 큰돈을 잃어버릴 수도 있기 때문이다. 그래서 장사꾼은 사람이 잘 안 다니는 곳에 땅을 파고 돈을 묻었다.

다음 날 돈을 묻어 두었던 곳으로 간 장사꾼은 깜짝 놀라고 말았다. 꽁꽁 숨겨둔 돈이 감쪽같이 사라지고 만 것이다.

"어, 도, 돈! 내 돈이 어디 갔지?"

그는 얼굴이 하얗게 변한 채 울상이 되어 소리쳤다. 마음을 가다
듬고 그는 곰곰이 생각해 봐도 알 길이 없었다. 그런데 저 멀리 떨
어진 곳에 있는 집 한 채가 그의 눈에 들어왔다. 가까이 다가가 보
니 그 집 담에 구멍이 뚫려 있다는 사실을 알게 되었다. 그는 그 집
에 살고 있는 사람이 그 구멍으로 돈을 파묻는 광경을 훔쳐보고 있
다가 나중에 파내어 간 것이 분명하다고 생각했다. 이렇게 생각한
장사꾼은 그 집을 방문하여 그 집에 살고 있는 남자에게 말했다.

"당신은 도시에서 살고 있으니 대단히 머리가 좋겠군요."

"그게 무슨 말입니까?"

그 집 주인이 의아해서 말했다.

"난 당신의 지혜를 빌리고 싶어 이렇게 찾아왔습니다."

"무슨 일이 있나요?"

"네. 사실은 지갑 2개를 가지고 이 마을로 물건을 사러 왔답니다. 지갑 하나에는 500개의 은화를 넣었고, 나머지 하나에는 800개의 은화를 넣었지요. 나는 그중 작은 지갑을 아무도 모르는 어떤 장소에 묻어 두었답니다. 그런데 나머지 큰 지갑까지 묻어 두는 게 좋을까요?"

"그래요. 나라면 작은 지갑을 묻어 둔 곳에 큰 지갑도 묻어 두겠소." 집주인은 거리낌 없이 대답했다.

"잘 알겠습니다. 감사합니다."

장사꾼은 이렇게 말하며 그 집을 나왔다. 장사꾼이 가자 욕심꾸러기 남자는 자기가 훔쳐왔던 지갑을 전에 묻혀있던 장소로 가져가 다시 묻어 놓았다. 그 모습을 몰래 지켜보고 있던 장사꾼은 자기 지갑을 무사히 되찾았다.

이는 《탈무드》에 나오는 이야기로 장사꾼의 지혜를 잘 알게 한다. 그는 당황하지 않고 슬기롭게 처신함으로써 잃어버린 지갑을 찾을 수 있었다. 만일 그가 욕심꾸러기 남자를 의심하고 다그쳤다면 지갑을 찾지 못했을 것이다.

이렇듯 지혜로운 사람은 위급한 상황에서도 이성적으로 대처하는 능력이 뛰어나다. 또한 편히 갈 수 있는 길도 한 템포 늦추거나 구불구불한 길을 돌아간다. 편히 가는 직선 길은 누구나 다 가려고 하는 길인 만큼 함정이 곳곳에 도사린다. 하지만 빙 돌아가는 곡선

길은 시간도 많이 걸리고 불편해서 사람들이 잘 안 가려고 한다는 것을 잘 알기 때문이다.

매사에 지혜롭게 생각하고 행동하라. 지혜는 인생을 살아가는 데 있어 '삶의 빛'과 같다.

인생을 슬기롭게 잘 살아가기 위해서는 지혜를 길러야 한다. 지혜는 어둠을 밝히는 '빛'과 같다.

문명은 직선이고, 자연은 곡선이다

문명의 발달은 사람들에게 삶의 편리함을 가져다주었으며, 나날이 진보하고 있다. 지금 우리가 누리는 문명의 혜택은 과거에는 생각조차 할 수 없을 만큼 다양화, 다변화되고 있다.

이렇듯 문명의 특징은 삶을 신속하고 다양화시키는 것으로써 하루가 다르게 새로운 상품이 쏟아져 나온다는 것이다. 마치 앞만 보고 달리는 전차와 같아 뒤도 옆도 돌아보지 않는다. 오직 전진만이 있을 뿐이다. 그러다 보니 사람들 역시 매사에 조급하고 싫증을 잘 느낀다. 상품을 구입하고 나서 얼마 지나지 않아 새로운 상품이 나오면 새 상품으로 교체한다. 그리고 그것을 아주 당연하게 여긴다.

법정 스님은 문명을 직선으로 비유하고 자연을 곡선으로 비유했는데, 이는 아주 적절한 비유가 아닌가 싶다. 문명은 속도를 중요히 여기니 직선이 마땅하고, 자연은 순리를 따르니 곡선이 마땅하기 때문이다.

이럴 때일수록 천천히 한 템포 늦춰서 가는 게 좋다. 무조건 빨리 간다고 해서 좋을 것은 없다. 뒤도 돌아보고, 옆도 보고, 이리저리 살피면서 가야 삶의 균형도 이루게 되고 조화로운 삶을 통해 행복도 느낄 수 있는 것이다.

문명의 혜택을 따르되, 삶의 본질을 잊고 그것의 노예가 되지 마라.

문명은 인간의 삶을 획기적으로 바꾸었다. 그러나 그런 만큼 인간의 삶은 피폐되었다. 문명을 따르되 문명에 집착하지 마라.

우리가 너무 외부적인 것, 외향적인 것, 표피적인 것,
이런 데만 관심을 갖다 보니까 마음이 황폐해졌다.
옛날보다는 훨씬 많이 갖고 있으면서도
마음들은 오히려 더 허전하고 갈피를 잡지 못한다.

법정

- 산에는 꽃이 피네 -

현대인들의 마음을 황폐화시키는 것들

현대사회는 한마디로 치열한 경쟁시대라고 할 수 있다. 치열한 경쟁은 지나친 속도 경쟁을 불러일으켜, 사람들로 하여금 무엇이든 남보다 빨리 이루고 싶은 욕망에 사로잡히게 한다. 집도 남보다 더 빨리 사고 더 좋은 자동차를 사고 싶게 만든다. 남보다 내가 더 나아야 한다는 생각은 외향적인 것에 집착하게 한다. 그러다 보니 타인에 대한 이해심 부족으로 상대를 이해하기보다는 자신의 생각을 우선시하고, 자신의 생각과 맞지 않으면 상대를 비난하고 심지어는 고통을 주기도 한다.

또한 과거에 비해 많은 것을 가졌음에도 물질에 대한 욕망에 사로잡혀 늘 삶의 허기를 느낀다. 그래서 더 많은 것을 손에 쥐려고

편법을 쓰기도 하고 남을 곤경에 빠트리기도 한다. 물질에 대한 욕
망은 인간성을 상실하게 하고 마음을 황폐화시키는 가장 주된 주
범이다.

이렇듯 현대인들은 치열한 경쟁시대의 속도 경쟁에서 헤어나지
못하고, 물질의 욕망의 그늘에 가려 허덕이고 있다. 이런 삶에서
벗어나기 위해서는 남과 같이 하려고 하지 말고 자기만의 주체적
인 삶을 지향하고, 물질의 욕망을 내려놓아야 한다. 그렇게 될 때
황폐해진 마음으로부터 벗어나 자기만의 행복한 삶을 추구하게
될 것이다.

지나친 경쟁, 물질에 대한 욕망, 남과 비교하는 마음 등은 마음을 황폐화시
키는 주범이다. 이것들로부터 벗어날 때 자기만의 이상을 추구할 수 있다.

> 사람은 어떤 묵은 데 갇혀 있으면 안 된다.
> 꽃처럼 늘 새롭게 피어날 수 있어야 한다.
> 살아 있는 꽃이라면
> 어제 핀 꽃하고 오늘 핀 꽃은 다르다.
> 새로운 향기와 새로운 빛을 발산하기 때문이다.
>
> 법정
>
> - 산에는 꽃이 피네 -

묵은 데 갇혀 있으면 새롭게 거듭날 수 없다

사람은 매너리즘에 빠지면 안 된다. 매너리즘은 '습관적 반복, 상투적인 모방, 진부한 기교' 등을 일러 하는 말로 이에 빠지게 되면, 새로운 것을 보는 눈을 흐리게 만든다. 그래서 매너리즘에 빠지면 나태해지고 게을러져 '지금'이란 현실에서 한동안 헤어나지 못하고 자신을 퇴보하게 한다.

매너리즘은 '마음의 함정'이라고 할 수 있는데, 이 함정에 갇히면 새로운 것을 봐도 시큰둥하게 되고, 누군가가 충고를 해도 귀에 들어오지 않는다. 마음의 함정에 갇힌다는 것은 곧 자신을 현실로부터 역행하게 만드는 부정적인 행위이다.

마음의 함정에서 빠져나오기 위해서는 언제나 마음을 새롭게 하고, 새로운 것을 보는 눈을 밝게 해야 한다. 그래서 새로운 정보를 수집하여 탐구하고, 책을 가까이하며 상식을 넓혀야 한다. 이렇게 함으로써 자기만의 새로운 생각을 돌출해내고, 그것을 바탕으로 하여 자기가 생각하는 것을 실행에 옮겨야 한다. 그렇게 될 때 향기로운 꽃이 피듯 자신의 삶은 지금보다 더 나은 길로 가게 된다.

새롭게 거듭나고 싶은가. 그렇다면 마음의 함정에 갇힘을 조심하라.

매너리즘, 즉 '마음의 함정'에 빠짐을 조심하라. 그것은 자신을 퇴보시키는 부정적인 행위이다.

> 따뜻한 가슴을 지녀야 청빈한 덕이 자란다.
> 우리가 불행한 것은 경제적인 결핍 때문이 아니다.
> 따뜻한 가슴이 없기 때문에 불행해지는 것이다.
>
> 법정
>
> - 산에는 꽃이 피네 -

청빈한 덕德은 어디에서 오는 걸까

"덕망이 있는 자가 사람을 대할 줄 안다. 높게 처하려면 말에 있어서 사람들에게 겸손해야 한다. 사람들을 인도하려면 사람들의 앞에서가 아니라 뒤에서 해야 한다. 그러므로 덕망이 있는 자가 사람을 대할 줄 안다. 훨씬 앞에 있어도 그 사람들은 거북하게 생각하지 않는다. 따라서 덕망이 있는 자는 누구와도 다투지 아니함으로 이 세상의 아무도 그와 다투지 않는다."

이는 노자老子가 한 말로 덕의 중요성을 잘 알게 한다. 여기서 말하는 덕德이란 '어질다'는 것을 의미한다.

그렇다면 덕은 어디에서 오는 것일까. 이에 대해 법정 스님은 다음과 같이 말했다.

"따뜻한 가슴을 지녀야 청빈한 덕이 자란다."

그렇다. 법정 스님의 말에서 알 수 있듯 덕은 따뜻한 가슴에서 온다. 왜 그럴까. 따뜻한 가슴은 '사랑'을 품고 있어 사람들을 대할 때 온유하게 대하고, 어려운 일에 처한 사람을 보면 지나치지 않고 도와주는 마음이기 때문이다. 그래서 따뜻한 가슴은 품고 사는 사람은 어디를 가든, 누구에게나 좋은 평판을 듣게 된다.

덕이 있는 사람이 되고 싶다면 따뜻한 가슴을 지녀야 한다. 그래야 덕망 있는 삶을 살게 된다.

가난해도 덕을 갖춘 사람은 존경받는다. 부자라도 덕이 없으면 손가락질을 받는다. 덕은 그 사람의 '내면의 얼굴'이다.

> 행복의 비결은
> 필요한 것을 얼마나 갖고 있는가가 아니라
> 불필요한 것에서 얼마나
> 자유로워져 있는가 하는 것이다.
>
> 법정
>
> - 산에는 꽃이 피네 -

불필요한 것으로부터 자유로워지기

가진 것이 없다가 많은 것을 갖게 된 사람들에게 행복하냐고 물어보면 보편적으로 하는 말이 그렇지 않다고 한다. 가진 게 없다가 많은 것을 갖게 되면 한동안은 충만한 뿌듯함에 사로잡히지만, 시간이 지나면서 서서히 충만했던 뿌듯함이 사라지고 어느 순간 무덤덤해지는 것이다.

물질은 행복에 대한 근본적인 답이 아니다. 있으면 생활하는 데 불편함이 없다는 것이지 그것만으로는 행복의 전부가 아닌 것이다.

그러나 마음이 풍족하면 행복은 어떤 상황에서도 변질되거나 바뀌지 않는다. 그래서 마음이 풍족한 사람은 많은 것이 없어도 자신을 불행하다고 생각하지 않는다. 즉, 불필요한 것으로부터 자유롭다.

하지만 많은 것을 가졌어도 마음이 빈곤하면 진정한 행복을 느끼지 못한다. 자신보다 더 많이 가진 사람을 부러워하고 지금보다 더 많은 것을 갖기 위한 몸부림에 젖는다. 불필요한 것으로부터 자유롭지 못하기 때문이다.

진정으로 자신이 행복하길 바란다면 불필요한 것으로부터 자유로워져야 한다. 물론 쉽지 않다. 하지만 그것만이 자신의 마음을 풍족하게 함으로써 어떤 상황에서도 행복할 수 있는 것이다.

행복의 본질은 '마음의 풍족함'에 있다. 물질의 풍족함에서 오는 행복은 잠시지만, 마음의 풍족함에서 오는 행복은 오래간다.

필요에 따라 살되 욕망에 따라 살지 마라

필요에 따라 삶을 살아갈 수 있다면 아등바등하지 않아도 살아가는 일에 불안해하거나 두려워하지 않는다. 자신에게 필요한 것을 알기 때문에 그에 맞게 대처하기 때문이다. 하지만 욕망에 따라 삶을 살아가면 늘 전전긍긍하게 되고, 아등바등하며 매사에 불만족스러워하게 된다. 그리고 살아가는 일에 불안해하고 두려워함으로써 자신을 불행하다고 생각한다.

자신을 평안하게 하고 행복하게 하고 싶다면, 욕망에 따라 살지 말고 필요에 따라 사는 일에 익숙해져야 한다. 필요와 욕망에 따라 사는 것은 극과 극의 현격한 차이를 불러오기 때문이다.

법정 스님은 욕망과 필요에 대해 정의하기를 '욕망은 분수 밖의 바람이고, 필요는 생활의 기본 조건'이라고 말한다.

적확한 지적이다. 그러니까 필요에 따라 살아야지 욕망에 따라 사는 것은 분수 밖의 일이어서 온전하게 살아갈 수 없음을 의미한다고 하겠다.

그렇다. 필요에 따라 살아가는 당신이 돼라. 그것은 스스로를 행복하게 하는 '삶의 법칙'이자 '지혜의 선물'이다.

필요에 따라 사는 삶은 잘못될 일이 없다. 하지만 욕망에 따라 사는 삶은 언제나 불완전하다. 마치 폭탄을 지고 사는 것과 같다.

> 오르막길은 어렵고 힘들지만
> 그 길은 인간의 길이고 꼭대기에 이르는 길이다.
> 내리막길은 쉽고 편리하지만
> 그 길은 짐승의 길이고 구렁으로 떨어지는 길이다.
>
> 법정
>
> - 산에는 꽃이 피네 -

오르막길과 내리막길의 차이점

예전에 국립공원 치악산을 여러 차례 오른 적이 있다. 오르면서 매번 느낀 것은 힘이 든다는 거였다. 치악산은 높이가 1,288m이지만 산세가 험하다. 특히, 사다리병창 코스가 제일 험한데 3번 다이 코스로 정상에 올랐다. 힘들게 정상에 올랐을 때의 희열은 느껴 본 사람만이 알 수 있다.

그런데 내려오는 길이 더 힘들다는 걸 매번 느끼면서 힘들게 내려왔다. 일행 중에 어떤 사람은 다리에 힘이 풀려 미끄러지기도 했다. 나 또한 여러 차례 미끄러질 뻔했는데 그때마다 다리에 힘을 더 주어 꼿꼿하게 버텨냈다.

산을 오르고 내리면서 깨달은 것은 오르막길에서는 잘 미끄러지거나 넘어지지 않는다는 사실이다. 오르는 데 힘이 들다 보니 천천히 쉬엄쉬엄 오르기 때문이다. 그런데 내려오는 길에 더 잘 미끄러지고 넘어지는 것은 오르는 것보다 힘이 들지 않는다고 마음을 놓기 때문이다.

그렇다. 오르는 길은 법정 스님의 말대로 인간의 길이고 꼭대기에 오르는 길이라고 할 수 있다. 그리고 내려오는 길은 짐승의 길이고 구렁으로 떨어지는 길이라고 할 수 있다.

왜 그럴까. 오르는 길이 힘든 만큼 인생의 정상에 오르기란 힘이 든다. 그래서 그 길은 최선을 다해 가야 하는 길이다. 하지만 내려오는 길이 덜 힘들다 보니 긴장감이 떨어지듯, 인생길을 쉽게 가려고 해서는 안 됨을 명심하라.

삶은 오르막길을 오르는 것처럼 힘들지만 최선을 다해 올라야 한다. 그러나 내려오는 길이 쉬워 보인다 해도 마음을 놓아서는 절대 안 된다. 잘못될 수도 있기 때문이다.

우리는 크고 많은 것에
정신을 파느라고 소중한 것을 놓치고 있다.
그동안 우리는 너무 잘 살려고만 했기 때문에
작은 것을 갖고는 만족할 줄 몰랐다.
무엇을 갖고도 만족할 줄 모른다.

법정

- 산에는 꽃이 피네 -

우리가 소중한 것을 놓치는 가장 근본적인 것

미국의 위대한 자선사업가 존 데이비슨 록펠러John Davison Rocke-feller는 많은 사람들에게 마음의 상처를 주고, 수전노라는 말을 들을 만큼 더 많은 것을 갖기 위해 앞만 보고 달렸다. 마침내 최고의 부자가 되었지만, 병이 들어 하루하루 죽어가던 중 수술비가 없어 수술을 하지 못한다는 소녀의 딱한 사정을 듣고, 선뜻 수술비를 보내주었다. 순간, 그는 놀라운 일을 경험했다. 그의 마음속에 기쁨이 솟아올랐던 것이다. 남을 도와준다는 것이 그처럼 행복한 일인지를 알게 된 그는 그전과는 전혀 다른 삶을 살기 시작했다. 그는 자신의 재산을 사회에 환원하기로 한 것이다. 그리고 삶의 그늘진

음지를 찾아 아낌없이 후원했다. 그러자 그에게 놀라운 일이 벌어졌다. 얼마 살지 못한다는 그의 몸이 점점 좋아졌던 것이다. 그가 죽었을 때 그의 나이는 98세였다. 죽어가던 그가 마음의 행복을 찾자 100세 가까이 사는 축복을 누렸다.

록펠러가 사업경쟁자와 사람들에게 혹독하게 굴며 돈을 벌 땐 사람들의 소중함과 감사함을 잊고, 작고 사소한 것들과 행복을 놓치고 살았다. 하지만 그가 소중한 것들과 행복의 기쁨을 알게 되자 완전히 다른 사람으로 변화했던 것이다.

지금도 많은 사람들이 록펠러가 한때 소중한 것들을 놓치고 살았듯이 살고 있다. 그것은 행복을 위한 일이 아니다. 정작 우리가 소중히 여겨야 할 것은 부모님에 대한 사랑, 형제간에 우애, 친구 간의 우정, 스승의 대한 감사함과 자연에 대한 고마움 등 작은 것들에 대한 감사함이다. 이처럼 소중한 것을 잊고 많은 재산을 가진들 무슨 소용이 있을까. 다만 끝내는 후회하는 일만 남을 것이다.

현대인은 더 많은 것을 갖기 위해 앞만 보고 달려가기에 급급하다. 그러다 보니 작은 것에 대해서는 거들떠보지도 않는다. 정작 소중한 것은 작은 것에 있다. 그것을 알 때 진정한 행복은 찾아온다.

> 행복은 늘 단순한 것에 있다.
> 창호지를 바르면서 아무 방해받지 않고 창에 오후의
> 햇살이 비쳐들 때 얼마나 아늑하고 좋은가.
> 이것이 행복의 조건이다.
>
> 법정
>
> - 산에는 꽃이 피네 -

행복을 찾는 일을 단순화시키기

　문예창작을 강의할 때 일이다. 수강생들의 나이는 30대에서부터 60대까지 다양했다. 나이와 세대를 초월해서 글쓰기라는 '공통분모'는 그들을 행복으로 이끌었다. 그때 '내가 행복할 때'라는 주제로 돌아가면서 이야기를 하게 했다.

　첫 번째 수강생은 가족들에게 맛있는 것을 해주고 맛있게 먹을 때라고 하고, 두 번째 수강생은 일주일에 한 번씩 보육원에서 봉사할 때라고 하고, 세 번째 수강생은 하고 싶었던 문예창작을 공부할 때라고 하고, 네 번째 수강생은 남편과 일주일에 한두 번씩 테니스할 때라고 하고, 다섯 번째 수강생은 아침에 가족들이 다 나간 뒤

혼자 음악을 들으며 차를 마실 때라고 하고, 여섯 번째 수강생은 일주일에 한 번씩 산악회 회원들과 산행을 할 때라고 했다. 그 밖의 회원들도 다들 비슷했다.

그들은 아주 평범한 사람들이었고, 자신들을 행복하게 하는 것 역시 아주 단순하고 평범한 것이었다. 법정 스님은 창호지를 바르면서 조용히 햇살이 비쳐들 때와 같이 단순한 일에서 행복감을 느낀다고 말한다. 그렇다. 행복을 찾는 일을 단순화시켜라. 단순한 것에서 행복을 느끼는 사람일수록 더 많은 행복을 느끼게 된다.

큰일에서 행복을 찾는다는 것은 행복으로부터 자신을 멀어지게 하는 일이다. 단순한 것에서 행복을 찾을 때 그만큼 더 많은 행복을 느끼게 된다.

> 잘 쓰기 위해서
> 많이 맡아 갖고 있는 것은 좋은 일이다.
> 선하게 쓸 수 있으면 좋다.
> 그러나 잘 쓰지도 않고 묵혀 두는 건 죄악이다.
> 왜냐하면 남이 가질 몫까지 차지하기 때문이다.
> 법정
>
> - 산에는 꽃이 피네 -

잘 쓰면서도 선하게 써야 한다

"돈은 사람에게 참다운 명예를 가져다주지 않는다. 아무리 돈을 벌어도 그것만 가지고는 인간의 참다운 명예는 살 수 없다."

"돈은 목적이 아니라 도구이다."

"돈은 비료와 같다. 쓰지 않고 쌓아두면 냄새가 난다."

이는《탈무드》에 나오는 말로 돈이 지닌 가치성에 대해 잘 알게 한다. 돈은 아무리 많아도 그 사람을 명예롭게 하지 못한다는 것이다. 그 돈을 가치 있게 쓸 때 그 사람은 명예를 얻게 된다는 말이다.

또한 돈은 삶의 목적이 아니라 도구라는 것이다. 이는 무엇을 말하는가. 돈은 목적이 아니라 가치 있게 쓰여지는 존재 즉, 도구임을 뜻한다. 그리고 돈은 비료와 같아 쓰지 않으면 냄새가 나니 묵혀 두지 말고 가치 있게 쓰라는 말이다.

《탈무드》의 말은 한마디로 돈은 쌓아두지 말고 잘 쓰되, 선한 곳에 써야 한다는 것을 의미한다. 그렇다. 돈은 잘 쓰면 행복해지고 묵혀 두거나 잘못 쓰면 불행해진다.

잘 쓰기 위한 돈은 많으면 많을수록 좋다. 그만큼 돈의 가치성을 높여주기 때문이다.

> 한 사람의 마음이 맑아지면
> 그 둘레가 점점 맑아져서
> 마침내는 온 세상이 다 맑아질 수 있다.
>
> 법정
>
> - 산에는 꽃이 피네 -

마음을 맑게 하라, 온 세상이 맑아지도록

러시아의 국민작가이자 사상가이며 불후의 명작《전쟁과 평화》, 《부활》, 《안나 카레니나》, 《톨스토이 인생론》으로 유명한 레프 N. 톨스토이Lev Nikolayevich Tolstoy는 부유한 명문 백작가의 4남으로 태어났다.

그러나 안타깝게도 그의 나이 2살 때 어머니를 잃고, 아버지마저 여읜 채 친척에 의해 양육되는 불행한 어린 시절을 보냈다. 이러한 환경은 그가 가난하고 소외된 사람들을 위해 헌신적인 삶을 사는 데 있어 동기부여가 되었다. 그는 '톨스토이주의'의 창시자로서 실천자로서 착취에 기초를 둔 일체의 국가적, 교회적, 사회적,

경제적 질서를 비판하는 동시에 그 부정을 폭로하고 악에 대항하기 위한 폭력을 부정, 기독교적 인간애와 자기완성을 주창했다. 그는 불세출의 작가이며 철저한 자기완성을 위한 종교인이었으며 사상가였다.

톨스토이가 많은 것을 가졌음에도 청빈하고 겸허하게 살 수 있었던 것은 그의 마음이 빛과 같이 맑고 밝았기 때문이다. 그가 함께했던 사람들, 그가 함께했던 사회는 그로 인해 밝은 빛을 뿜어내며 아름다운 공생을 했다.

마음을 맑게 하라. 나로 인해 세상이 달라지게 하라. 다른 사람들에게 의미 있는 인생이 돼라.

한 사람은 작지만, 그 사람의 마음이 맑고 우주와 같다면 세상을 바꿀 수 있다. 마음을 맑고 깨끗하게 하라.

> 살 때는 삶에 전력을 기울여
> 뼈근하게 살아야 하고,
> 일단 삶이 다하면 미련 없이
> 선뜻 버리고 떠나야 한다.
>
> 법정
>
> - 죽으면 다시 태어나라 -

살 땐 열심히 살고, 떠날 땐 미련 없이 떠나라

인생을 여러 번 살 수 있다면 이렇게도 살아보고, 저렇게도 살아보면 좋을 텐데 유감스럽게도 인간은 단 한 번밖에 살지 못한다. 그러니 한 번뿐인 인생을 대충 살거나 함부로 산다는 것은 자신에 대한 예의가 아니다. 그것은 자신에 대한 모독이며, 지독한 후회를 남기는 일일 뿐이다. 그래서 지혜로운 자는 절대로 대충 살거나 함부로 살지 않는다. 이에 대해 이탈리아의 시성 단테Dante는 이렇게 말했다.

"가장 지혜로운 자는 허송세월을 가장 슬퍼한다."

단테의 말에서 보듯 지혜로운 자는 '인생은 단 한 번뿐'임을 잘 아는 까닭에 어떤 고난이 닥친다 해도, 어떤 실패가 따른다 할지라도 포기하지 않고 자신이 할 수 있는 한 최선을 다한다.

법정 스님 또한 "살 때는 삶에 전력을 기울여 뻐근하게 살아야 한다."고 말한다. 그리고 "일단 삶이 다하면 미련 없이 선뜻 버리고 떠나야 한다."고도 말한다. 백번 천번 지당한 말이다. 한 번뿐인 인생, 미련이 남지 않도록 할 수 있는 한 최선을 다해 살아야겠다.

오늘을 마지막인 듯 살고, 내일이 처음인 듯 살아라. 그리고 떠날 땐 미련을 남기지 마라.

좋은 일이든 궂은일이든
우리가 겪는 것은
모두가 한때일 뿐이다.

법정

- 모든 것은 지나간다 -

좋은 일도 궂은일도 모두가 다 한때다

인생을 살다 보면 기쁜 날도 있고 슬픈 날도 있고, 좋은 날도 있고 언짢은 날도 있고, 풍족한 날도 있고 주머니가 빈곤한 날도 있고, 만족스러운 날도 있고 불만족스러운 날도 있고, 세상을 다 가진 듯한 날도 있고 세상에서 자신만이 가장 비참한 사람이라는 생각이 드는 날도 있다. 이렇듯 희비가 교차하는 것이 인생이다. 우리는 누구나 이러한 인생의 사이클 안에서 살아간다. 이를 피해갈 사람은 아무도 없다.

그런데 어떤 사람은 이를 잘 받아들여 살아가는데, 어떤 사람은 이를 힘겨워하며 불평불만을 늘어놓곤 한다. 인생을 살다 보면 좋은 일이든 굿은일이든 다 겪지만 모두가 한때다. 만일 좋은 일만 있다면 누구나 신나게 살겠지만, 굿은일만 있다면 인생을 살아낼 사람은 단 한 사람도 없을 것이다.

그렇다. 삶은 극복하지 못할 시련을 주지 않는다. 힘들어도 끝까지 맞서면 시련은 더 이상 버티지 못하고 안녕을 고하며 저 멀리 사라져 간다. 시련에 절대 지지 마라. 반드시 이겨서 자신에게 주어진 인생의 몫을 맘껏 누려야 하겠다.

인생에 좋은 날만 있다면 감사함을 모를 것이다. 굿은일이 있기에 감사하며 사는 것이다. 좋은 일, 굿은일은 다 나를 위한 일이라고 생각하라.

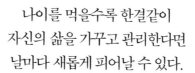

나이를 먹을수록 한결같이
자신의 삶을 가꾸고 관리한다면
날마다 새롭게 피어날 수 있다.

법정

- 유서를 쓰듯이 -

나이를 먹을수록 더 자신을 가꾸어야 한다

나이가 든다는 것은 이마에 주름살만 늘리는 일이 아니다. 또한 삶의 현장으로부터 추방당하는 일이 아니다. 나이가 든다는 것은 지금껏 살아온 인생을 되돌아보고, 자신의 남은 인생을 보다 더 가치 있게 쓰는 축복의 시간인 것이다. 그런 까닭에 나이가 들수록 자신에게 더 충실해야 한다. 그래야 남은 세월을 가치 있게 보낼 수 있다.

오스트리아 출신의 현대경영학의 권위자인 피터 드러커Peter Drucker는 75세의 늦은 나이에 정년을 맞아《자본주의 이후의 세계》,《방관자의 모험》등 100여 권이 넘는 책을 집필했다. 그는 96세를 사는 동안 "60세 이후 30여 년 동안이 내 인생의 황금기였다."
고 말했다. 피터 드러커의 말을 보면 나이가 들어도 자신의 삶을
어떻게 가꾸고 관리하느냐가 얼마나 중요한지를 잘 알 수 있다. 우
리 주변을 살펴보더라도 나이가 들수록 더 잘 살아가는 이들이 있
음을 볼 수 있다. 나이가 들어도 누구나 자신의 삶에 주인공이 될
수 있는 것이다.

이에 대해 미국의 작가 파크 벤저민Park Benjamin은 "삶의 주인공
이 되어라. 영원히 이어지는 눈길 위에 발자국을 남겨라. 칠흑 같
은 어둠의 장막을 뚫고 환한 밝음으로 가는 길을 개척하라."라고
말했다.

그렇다. 자신의 인생을 끝까지 책임지고 인생의 주인공이 되어
야 한다. 그것이야말로 멋진 인생을 사는 지혜인 것이다.

날마다 푸른 하늘을 바라보고 자신에게 최선을 다하라. 나이가 들수록 자신
의 인생에 주인이 되어라. 그것이 자신에게 주는 최고의 선물이다.

지금 이 순간은 과거도 미래도 없는 순수한 시간이다.
언제 어디서나 지금 이 순간을 살 수 있어야 한다.

법정

- 노년의 아름다움 -

언제 어디서나 지금 이 순간을 살아라

할 일이 생각나거든 지금 하십시오.
오늘 하늘은 맑지만, 내일은 구름이 보일런지 모릅니다.
어제는 이미 당신의 것이 아니니, 지금 하십시오.

이는 미국의 시인 로버트 해리의 〈지금 하십시오〉라는 시詩의 1연
이다. 이 시구에서 말하듯 오늘의 하늘은 맑지만 내일은 구름을 보
게 될지 모르고, 어제는 이미 지나간 시간이므로 되살릴 수 없는
시간이듯 '지금'이란 '순간'은 오직 지금 이 순간의 시간일 뿐이다.
이렇듯 지금이란 순간은 인생에 있어 매우 중요한 시간인 것이
다. 그렇기 때문에 하고 싶은 일은 그것이 무엇이든 미루지 말고

지금 해야 한다. 한 번 미루면 두 번 미루게 되고, 세 번, 네 번 미루게 되면 계속 미루게 되기 때문이다.

무슨 일을 하든 의미 있게 살아가는 사람들의 공통점은 '지금'이라는 '순간'을 확실하게 자신의 것으로 만듦으로써 비롯되었다는 것이다. 그들은 시간이 자신을 기다려주지 않는다는 것을 너무도 잘 알았기에 매 '순간'을 헛되이 하지 않았다.

그렇다. 시간은 사람을 기다려주지 않는다. 아무리 애원하고 붙들어도 매몰차게 가 버리는 것이 시간이다. 그러니 그것이 무엇이든 반드시 지금 하고, 지금 행복을 느끼고, 지금 자신의 인생에 감사하라.

지금 이 순간을 살아야 후회 없는 삶을 살게 된다. 순간순간을 산다는 것은 자신을 위한 '최선의 삶'을 사는 것이다.

> ## 지식이 인격과 단절될 때
> ## 그 지식인은 가짜요, 위선자이다.
>
> 법정
>
> - 무학 -

인격이 결여된 지식인은 가짜며 위선자다

무학無學이란 말이 있다. 전혀 학문을 배우지 않았음을 뜻하는 말
이다. 그런데 법정 스님은 무학에 대한 개념을 달리 말한다. "무학
이란 전혀 배움이 없거나 배우지 않았다는 뜻이 아니다. 많이 배웠
으면서도 배운 자취가 없음을 가리킴이다"라고 말한다. 그러니까
많이 배웠어도 배운 사람답지 않게 굴면 배움이 없는 사람, 즉 무
학자無學者라는 말이다.

아주 적확한 지적이 아닐 수 없다. 요즘 우리 사회에서 벌어지는
일을 보면 딱 맞는 말이다. 소위 배웠다는 사람들이 음주운전을 해
서 피해를 일삼고, 입에 담지 못하는 댓글을 달아 상대에게 상처를

주고, 보복운전을 일삼고, 금연구역이든 아니든 아무데서나 흡연을 일삼고, 지하철 안에서 나이 든 어르신을 봐도 자리 양보도 할 줄 모르고, 아무 곳에서나 자기 편하면 그만이라는 듯 함부로 행동하고, 자신이 하는 말에 책임을 지지 않거나 남에게 피해 주는 일을 예사로 한다. 이는 지식인이 해야 할 행동과는 거리가 멀다. 인격이 결여된 지식인은 가짜요, 위선자라는 법정 스님의 말은 조금도 어긋남이 없다.

무슨 일에서든 배운 것에 대해 부끄러움이 없는 사람이 되어야 한다. 그 사람이야말로 참지식인인 것이다.

지식인은 배운 것에 부끄러움이 없어야 한다. 부끄러움이 있는 자는 지식인이 아니다. 다만 그는 지식인인 척하는 것뿐이다.

사랑이 우리 가슴속에
싹트는 순간
우리는 다시 태어난다.

법정

- 깨달음의 길 -

사랑이 싹트는 순간 우리는 다시 태어난다

　죄수들의 어머니라고 불리는 사람이 있었다. 그녀는 죄를 짓고 교도소에 있는 죄수들을 찾아가 꿈과 용기를 주는 말을 하며 그들을 위로했다. 죄가 미운 것이지 사람이 미운 게 아니라는 그녀의 말에 죄수들은 들은 척도 하지 않았고, 어떤 죄수들은 코웃음을 치며 조롱했다.

　그러나 그녀는 한 번도 거르지 않고 찾아가 그들을 위해 기도하고 그들이 죄에서 깨어나길 간절히 바랐다. 지성이면 감천이라는 말이 있듯 시간이 지나자 죄수들은 그녀의 정성에 감동하기 시작했다.

　"어머니, 이렇게 변함없이 찾아와 주셔서 감사합니다. 저도 이제부터는 착하게 살겠습니다."

죄수들은 이렇게 말하며 하나둘씩 변화하기 시작하더니 점점 더 그 숫자가 늘어났다. 그리고 출옥을 해서는 나름대로 꿈을 키우며 열심히 살았다. 사랑이 가슴에 싹트는 순간 그들은 완전히 새사람이 되었던 것이다.

한 사람의 진실한 사랑이 죄수들의 가슴에 사랑의 불씨를 틔우자 그들이 새롭게 태어났듯, 사랑은 절망 중에서도 새롭게 태어나게 한다. 사랑하라, 한 번도 미워하지 않은 것처럼. 당신이 사랑하는 사람을 진실로 사랑하라.

사랑은 미움도 사랑이 되게 하고, 절망도 희망이게 한다. 사랑을 품은 가슴은 언제나 새롭게 태어난다. 사랑은 가장 '아름다운 품성'이다.

젊고 늙음은 육신의 나이와는
별로 상관이 없을 것 같다.
사실 깨어있는 영혼에는
세월이 스며들지 못한다.

법정

- 묵은 편지 속에서 -

늘 푸르게 자신의 영혼을 깨어있게 하기

사무엘 울만Samuel Ullman은 〈청춘〉이라는 시에서 이렇게 노래한다.

청춘이란 인생의 어떤 기간이 아니라 그 마음가짐이다.

장밋빛 뺨, 붉은 입술, 유연한 무릎이 아니라

늠름한 의지, 빼어난 상상력, 불타는 정열,

삶의 깊은 데서 솟아나는 샘물의 신선함이다.

청춘은 겁 없는 용기,

안이함을 뿌리치는 모험심을 말하는 것이다.

때로는 스무 살 청년에게서가 아니라

예순 살 노인에게서 청춘을 보듯이

나이를 먹어서 늙는 것이 아니라 이상을 잃어서 늙어 간다.

이 시구에서 보듯 사무엘 울만은 '청춘'이란 나이의 숫자에 있는 것이 아니라 '마음가짐'에 있다고 말한다. 그래서 '끊임없이 영감靈感의 발견과 희망을 갖고 노력하는 사람은 예순의 노인도 청춘일 수가 있고, 그렇지 않으면 스물의 나이에도 청춘이 아니다.'라고 말한다.

우리 주변을 살펴보면 어떤 젊은이들은 자신을 게을리하는가 하면 "내 주제에 그걸 어떻게 해."라고 말하기도 한다. 이는 자신에게 대단히 미안해해야 할 일이다. 자신을 함부로 방치하는 것과 같기 때문이다.

그런데 나이 많은 사람들 중엔 끊임없이 자신을 계발하고 자아의 실현을 위해 열정을 다하는 이들이 있다. 이들의 눈을 보면 광채가 나고 몸과 마음은 생동감으로 가득 차 있다.

자신을 방치한다는 것은 자신의 영혼을 잠들게 하는 비창의적이고 비생산적인 일이다. 하지만 자신을 위해 노력하고 열정을 다하는 것은 자신의 영혼을 깨어있게 하는 창의적이고 생산적인 일이다. 자신을 의미 있고 가치 있는 사람으로 살아가게 하기 위해서는 자신을 게을리하고 방치해서는 안 된다.

자신의 영혼을 늘 깨어있게 해야 한다. 영혼이 깨어있는 사람은 늘 풋풋하고 맑고 환하기 때문이다. 자신이 진정으로 자신을 사랑한다면 자신의 영혼을 늘 깨어있게 하라.

육신의 나이는 늦고 젊음을 가리지만, 영혼이 깨어있으면 늦고 젊음은 의미가 없다. 왜 그럴까. 영원한 청춘이기 때문이다.